周瘦鹃自编精品集

花前琐记

周瘦鹃 著

广陵书社

图书在版编目（ＣＩＰ）数据

花前琐记 / 周瘦鹃著. -- 扬州：广陵书社，
2019.1（2022.3 重印）
　（周瘦鹃自编精品集 / 陈武主编）
　ISBN 978-7-5554-1145-1

　Ⅰ．①花… Ⅱ．①周… Ⅲ．①散文集－中国－当代
Ⅳ．①I267

中国版本图书馆CIP数据核字(2018)第288488号

书　　名	花前琐记			
著　　者	周瘦鹃	丛书主编	陈　武	
责任编辑	王浩宇	特约编辑	罗路晗	
出 版 人	曾学文	装帧设计	鸿儒文轩·书心瞬意	

出版发行　广陵书社
　　　　　　　扬州市四望亭路 2-4 号　　　　邮编：225001
　　　　　　　(0514)85228081(总编办)　　　85228088(发行部)
　　　　　　　http://www.yzglpub.com　　　　E-mail:yzglss@163.com
印　　刷　三河市华东印刷有限公司

开　　本	787mm×1092mm　　1/32	
字　　数	87 千字	
印　　张	6.25	
版　　次	2019 年 1 月第 1 版	
印　　次	2022 年 3 月第 2 次印刷	
书　　号	ISBN 978-7-5554-1145-1	
定　　价	38.00 元	

目录

1

前言

东涂西抹，忽忽三十年，自己觉得不祥文字，无补邦国，很为惭愧！因此起了投笔焚砚之念，打算退藏于密，消磨岁月于千花百草之间，以老圃终老了。当时会集清代诗人龚定公句，成《撼怀吟》《遂初吟》各十四首，向朋友们示意，中如：

　　暮气颓唐不自知，一灯悬命续如丝。今年烧梦先烧笔，倦矣应怜缩手时。

名场阅历莽无涯，一代人才有岁差。花月湖山娇冶甚，自缄红泪请回车。

少小无端爱令名，九流触手绪纵横。百年心事归平淡，至竟虫鱼了一生。

一灯红接混茫前，东海潮来月上弦。花有家乡侬替管，莫因心病损华年。

不要公卿寄俸钱，此身已作在山泉。人生合种闲花草，明镜明朝定少年。

断无只梦堕天涯，忽向东山感岁华。我替梅花深颂祷，丽情还比牡丹奢。

此去东山又北山，料无富贵逼人来。黄梅淡冶山矾靓，记取先生亲手栽。

斜阳只乞照书城，玉想琼思过一生。从此周郎闭门卧，梅花四壁梦魂清。

单单看了这八首诗，就可知道我的心事了。

对日抗战胜利以后，我就实践了这些诗中的话，匆匆的结束了文字生涯，回到故乡苏州来；又因遭受了悼亡之痛，更灰了心，只是莳花种竹，过我的老圃生活，简直把一枝笔抛到了九霄云外。如今重行执笔，重理故业，真有手生荆棘之感。幸而日常起居于万花如海中，案头有花枝照眼，姹娅欲笑，边看花，边动笔，文思也就源源而来了。

《花前琐记》之作，除了漫谈我所喜欢的花木事而外，也谈及文学艺术名胜风俗等等，简直是无所不谈。一方面歌颂我们祖国的伟大，一方面表示我们生活的美满。要不是如此，我也写不出这些文字来的。此外我需要鼓励和督促，要是没有朋友们的鼓励和督促，我也不会这样勤笔勉思的。

一九五五年四月周瘦鹃识于紫罗兰盦

闲话刺绣

苏州的刺绣，名闻天下，号称苏绣，与湖南的湘绣和上海的顾绣，鼎足而三。

前年苏州市教育局曾办了一所刺绣学校，延聘几位刺绣专家担任教师，造就了几十位刺绣的好手。她们的作品曾参加一九五四年举行于拙政园的民间艺术展览会，博得观众的好评。秋间，苏州市土产公司与吴县合作总社联合举办了一个刺绣学习班，招了农村中擅长刺绣的妇女们上班学习，由黄芗女画师画了花卉，由以前刺绣学校的几位女教师教授散套针法，采取了湘绣的优点，提高质量，经过了一个多月，全都学会了。这班学员都是从吴县望亭、光福、浒墅关农村中来的，她们一向于种田之暇，以刺绣戏衣、被面、枕套等为副业，不过花样陈旧，绣法不够细致。经过了学习，顿时使人刮目相看。除了散套针法，又学会了反抢针法，作品有软缎的方靠垫和台毯被面睡衣等，刺绣的花样如梅、兰、竹、菊、百蝶、和平鸽等，都足以代表我国民族风格的，去冬已运往北京，听说转运法京巴黎去展览了。

一九五五年春节，苏州市人民文化宫举行了一个美术展览会，刺绣也陈列了一室，四壁琳琅，灿烂夺目，中如毛主席的绣像，用几十种色丝细针密缕的绣成，面目栩栩如生。还有一幅特出的作品，是前刺绣学校教师任嘒闲所绣的苏联画史之一："列宁在拉兹里夫火车站附近的草棚里。"列宁低着头在起草革命的计划书，除了人之外，还有郊野树木草棚作背景，色彩调和，活泼生动，简直是好像一幅画，真可算得是一位现代的针神了。

我藏有旧绣一幅，以缎为地，色已黄黯，我也不知道是甚么时代的作品，朋友们给我鉴定，说是明代的刺绣。绣的是一尊观音，微微含笑，坐在一朵莲花上，花作浅红色，淡至欲无；观音的膝上坐着一个男孩子，玉雪可念，一手执红榴花一枝，向人作憨笑。上端用黑色丝绣有"礼拜供奉观世音菩萨，便生福德智慧之男"十七字，下有圆章一方，可惜已认不出是甚么字了。旧时女子绣观音，郑重其事，必须洗了手才下针，以示虔诚。清代董文友曾有《留春令》第一体一阕《咏浣手绣观音》云："兰汤浴手，窗前先就，红莲娇片。须记他原少凌波，休错配鸳鸯线。　绣着金身须半面。似向侬青眼。春笋纤纤近慈云，疑紫竹林中现。"

凡是男女婚礼中所用的绣品，鸳鸯是必要的图案，被面和枕套，总是绣着双宿双飞的鸳鸯，这又是词人们的好题材了。如朱竹垞的《生查子》云："刺绣在深闺，总是愁滋味。方便借人看，不把帘垂地。　弱线手频挑，碧绿青红异。若遣绣鸳鸯，但绣鸳鸯睡。"董舜民《应天长》又一体云："水精帘卷东风院，枝上流莺声百啭。绿窗轻，香梦软，清泪朝朝曾洗面。　砌痕深，花样浅，出水芙蕖波溅。绣到鸳鸯偏倦，恼乱针和线。"这两首词，都写出了旧社会刺绣者为人作嫁的苦闷。

好女儿花

好女儿花这花名很为美妙，可是你翻遍了植物学大字典，断断找不到的。因为宋光宗的李后讳凤，宫中妃嫔和侍从等为了避讳之故，都称凤仙为好女儿花。凤仙的别名很多，有海蒳、旱珍珠、小桃红、羽客、菊婢诸称，不知所本。花茎有红白二色，高至二三尺，粗的好似大拇指，中空而脆。花于枝桠间开放，形如飞凤，有头有尾，有翅有足，因此又名金凤花。叶尖而长，有锯齿，很像桃叶，因此又有夹竹桃之称，可是未免与真的夹竹桃相混了。凤仙有各种颜色，如深红、浅红、纯白、浅绿、青莲、玫瑰紫等，色色都备，并有花瓣上洒细红点者，称为喷砂。有一茎而开五色的，更为娇艳。花瓣有单有复，更有鹤顶一种，与白花而绿心者，最为名贵。

往时没有蔻丹，女儿家爱好天然，将红色的凤仙花瓣，剔除了白络，加上一些明矾，把它捣烂，染在十个指甲上，用绢包裹，隔了一夜，每一指甲上便染成猩红一点了。因此之故，又有指甲花的别称。元代杨维桢句云："有时漫托香腮想，疑是胭脂点玉颜。"又女词人陆琇卿《醉花阴》词云："曲阑凤子花开后，捣入金盆瘦。银甲暂教除，染上春纤，一夜深红透。　绛点轻濡笼翠袖，数颗相思豆。晚起试新妆，画到眉弯，红雨春山逗。"这些诗词，都是咏凤仙而牵及染指甲这回事的。明代李笠翁，反对女子用凤仙花染指甲，他说："纤纤玉指，妙在无瑕，一染猩红，便称俗物。"所言自有见地。

凤仙虽是一种平凡的草花，而历史很悠久，晋人即已有之。传说谢长裕见凤仙花，对侍儿说："我爱它名称，且来变一变它的颜色。"因命侍儿去取了一种氾叶公金膏来，用麈尾蘸了膏，向花瓣上洒去，折了一朵，插在倒影三山的旁边。明年，此花金色不去，都成了斑点，粗细不同，俨如洒上去的一样，即名此花为倒影花。

古今来咏凤仙的诗词很多，而以宋代晏殊的"九苞颜色春霞萃，丹穴威仪秀气攒"两句最为华贵，足以抬高凤仙身价。我因亡妻胡氏名凤君，所以也偏爱凤仙。她去世后，为了纪念她的缘故，尽力搜罗了各色种子，种满在凤来仪室外，每年秋季，陆陆续续地开放起来，足有三个月之久。并且掘了小株，用小型的细瓷盆分种了好多盆，供在亡妻遗像之前。

凤仙以密植为妙，倘能特辟一圃，全种凤仙，每一畦种一色，必有可观。前数年访书画大收藏家庞莱臣前辈于其苏州寓所，见他那个很大的前庭，从石板缝隙中长出无数株的凤仙花来，五色斑斓，蔚为大观，至今还留着深刻的印象。因忆清代嘉道年间的词章家姚梅伯，他也是爱好密植的凤仙花的。他说："秋日见庭前金凤花百本，向晓尽开，蝶侣蜂群，飞宿上下，仿佛具南田翁画意。因宠之以词，调寄《清平乐》云:‘嫣红欲绝，瘦朵藏低叶。鬟袖不知风露湿，斜向晓凉时节。　蝶蜂栩栩仙仙，泥人半晌缠绵。画箔秋灯儿女，夜来若个深怜？’”

送寒衣

　　立春以后，天气渐渐转暖，大家以为这是春之开端，所以觉得春意盎然了。谁知蓦然之间，大雪纷飞，竟又冷了起来，似乎回到严寒彻骨的隆冬，这种春寒恻恻的天气，俗称拗春，也是使人受不了的。

　　记得是在下雪的前三天吧，还是和煦如春，我和苏州市的十多位代表，上南京去出席江苏省第一届人民代表大会第二次会议，大家以为天气和暖，不免少穿些衣服。我因为自己容易伤风，很有戒心，又因为老天常闹别扭，不得不防，所以把寒衣都带了去。不料刚过了三天，阳光匿迹，突然转冷，而鹅毛般的雪，就漫天飞舞起来。少带寒衣的朋友，悔之不及。年近七十的工业专校郑卓先校长，忙去买了一只热水袋，藉以取暖。可是校中的许符实副校长竟派员远迢迢地送寒衣来了。还有病愈未久的评弹工作者潘伯英兄，也由苏州市文联把他的丝绵裤付邮寄来了。在他们俩果然喜出望外，我生平是最容易动情感的，不用说是十分感动。

　　从前游子天涯，入冬苦寒，送寒衣寄寒衣的不是慈母便是爱妻，如古诗中"游子身上衣，慈母手中线""一行书信千行泪，寒到君边衣到无？"就是两个例子。此外如清代诗人张若需宦游他方，生日太夫人自乍浦寄衣适至，感而作诗："侵晨远人至，寒衣寄江城。珍重一开缄，光彩生敝簏。老亲念幼子，称体新裁衣。书云御尔寒，著以湖绵轻。寒燠隔异地，犹廑慈母情。忆兹初成时，长短劳经营。襟袖密密缝，十指针线紫。健妇把刀尺，指点熨贴平。感激母意厚，顾我非童婴。二十要自立，俭素敦家声。五陵自轻肥，温饱无令名。今兹茹冰

藜，用佐严君清。短褐取蔽体，宁羡罗绮荣。被服矢无
致，敢忘我初生。"又如毛张健《寄衣曲》云："去年寄
衣秋月明，络纬索索窗前鸣。今年寄衣风复雨，不识何
时到边土？边城八月多早寒，清霜触体愁衣单。千丝万
缕妾手制，中有珠泪焉能干！但愿功成垂竹帛，得以全
躯归乡国。"这两首诗都咏寄衣，一首是母制了衣寄给
子，一首是妻制了衣寄给夫的，自觉至情流露，感人很
深。如今新社会中新人新事，往往不可以常情测度，虽
在工作岗位上，也好似在骨肉之亲的家庭中一样。郑潘
二位得了寒衣，不待穿上身去，心坎中早已温如挟纩咧。
善感如我，不可无诗：

　　　体贴无殊骨肉亲，推襟送抱见情真。衣还未着
　　先温暖，暖到心头暖到身。

上元灯话

农历正月十五日，向称上元，这夜即称元夕，俗称元宵，旧俗必须张灯，盛极一时。考之旧籍，据说还是起于唐代睿宗景云二年，只有一夜；到唐玄宗时，改为三夜，元宵前后各一夜；到了北宋乾德五年，又加上十七、十八两夜，增为五夜；到南宋理宗淳祐三年时又增一夜，自十三夜起，名为试灯；到得明代朱太祖时，更变本加厉，增为十夜，自初八夜起就张灯于市，到十七夜才罢，名为灯市。近年来苏沪风俗，都以十三夜至十八夜为灯节，倒还是依照着南宋旧俗呢。

制灯最工巧的地方，近推浙江菱湖，往年我在上海居住时，就听得菱湖灯彩的大名，也曾见过各式各样的菱湖灯，确有鬼斧神工之妙。记得当年有一个叫做桑栋臣的，专给新旧剧场扎灯彩，听说他就是菱湖人，技术确很不差。但在宋代，苏州倒是以制灯著名的，周密《乾淳岁时记》称："元夕张灯，以苏灯为最，圈片大者径三四尺，皆五色琉璃所成，山水人物，花竹翎毛，种种奇妙，俨然著色便面也。"梅里人用彩笺铸细巧人物扎灯，名梅里灯，也很有名。又有一种夹纱灯，是用彩纸刻花竹禽鱼而夹以轻绡的，现在恐已失传了。清代道光年间，阊门内吴趋坊皋桥中市一带，都有出卖各种彩灯的，满街张灯，陆离光怪，令人目不暇给，人物有张君瑞跳粉墙、西施采莲花、刘海戏蟾诸品；花果有莲藕、玉兰、牡丹、西瓜、葡萄诸品，禽兽水族则有孔雀、凤凰、鹤、鹿、马、兔、猴与金鱼、鲤鱼、虾、蟹诸品，其他如龙船灯、走马灯等，不胜枚举。今年春节，人民路怡园为了引起大家兴趣，特请名手精制彩灯大小数十只，全用各色绢绸，或加彩绘，或缀流苏，十分悦目。而给我以良好印象的，是塔灯、莲花灯和走马灯三只，不愧为个中精品。一连半个月，倒也有万人空巷之盛。

走马灯是我儿时最爱看的，大率用纸剪了人物车马或京剧中的《三国》《水浒》等戏，著了彩色，粘贴在竹制的轮子上，承以蛎壳，一点上蜡烛，就会转动，大抵小朋友们都是喜欢这玩意儿的。清代吴毅人有《辘轳金井》一词咏走马灯云："涨烟飞焰，送星蹄逐队奔腾不少。一片迷离，向蝉纱围绕，帘深夜悄。怕壁上观来应笑。几许英雄，明明灭灭，冬烘头脑。　平生壮怀渐老。念五陵游历，空负年少。陈迹团团，叹磨驴潦倒。山香插帽，要鼓打太平新调。尽洗弓兵，飙轮迅卷，月斜天晓。"末尾的几句，很有意义，借以鼓吹今日的世界和平运动，似乎也可以适用的。

再话上元灯

　　古时重视上元，夜必张灯，以唐代开元年间为最盛，旧籍中曾说："上元日天人围绕，步步燃灯十二里。"其盛况可以想见。诗人崔液曾有上元诗六首记其事，兹录其二云："今年春色胜常年，此夜风光最可怜。鸂鹊楼前新月满，凤凰台上宝灯燃。""神灯佛火百轮张，刻象图容七宝装。影里如闻金口说，空中似放玉毫光。"

　　所谓灯市，宋代初期，也称极盛，《石湖乐府序》

中曾记苏州灯市盛况，据说元夕前后，各采松枝竹叶，结棚于通衢，昼则悬彩，杂引流苏；夜则燃灯，辉煌火树，朱门宴赏，衍鱼虎，列烛膏，金鼓达旦，名曰灯市。凡阊门以内，大街通路，灯彩遍张，不见天日。曾巩曾有诗云："金鞍驰骋属儿曹，夜半喧阗意气豪。明月满街流水远，华灯入望众星高。风穿玉漏穿花急，人近朱阑送目劳。自笑低心逐年少，只寻前事撚霜毛。"到了后来，却渐渐衰落了。明初，灯市又极热闹，南都搭了彩楼，招徕天下富商，放灯十天。北都灯市在东华门，东亘二里，自初八起，到十三就盛起来，到十七才止。白天各处的珍异骨董，以及服用之物，都来参加，好像开展览会一样，入夜便张灯放烟火，还有鼓吹杂耍弦乐，通宵达旦。据刘侗所记称："丝竹肉声，不辨拍煞，光影五色，照人无妍媸，烟骨尘笼，月不得明，露不得下。"那时明太祖刚建了都，大概就借这元宵来庆祝一下吧？

　　清初，灯市也盛极一时，上元不可无灯，已成了牢不可破的风俗。如康熙年间，词人彭孙遹有《洞仙歌》咏元夕云："千门万户，听踏歌声遍。一派笙箫暗尘远。有麝兰通气，罗绮如云，香过处隐隐红帘尽卷。　闲行南北曲，玉醉花嫣，争簇天街闹蛾转。更谁家艳质，灯火阑干，蓦地里夜深重见。向皓月光中费疑猜，不道是今宵，广寒人现。"又嘉庆年间，王锡振有《思佳客》词《元夕出游》云："油壁香骢衰轻，天街风扑暗尘生。市楼一簇金盘焰，便碍纱笼侧帽行。　前堕珥，后遗簪。烛围灯树几家屏。鱼龙杂沓街如墨，不觉当头有月明。"读了这两阕词，便可知道那时看灯的兴高采烈了。

明代张大复《梅花草堂笔谈》，是小品文中的代表作，文笔隽永，读之如啖谏果，很有回味。他曾有《上元》一篇云："东坡夜入延祥寺，为观灯也。僧舍萧然无灯火，败人意。坡乃作诗云：'门前歌舞闹分明，一室清风冷欲冰。不把琉璃闲照佛，始知无烬亦无灯。'此老胸次洒落，机颖圆通，聊作此志笑耳。崔液云：'玉漏铜壶且莫催，铁关金锁辄明开。谁家见月能闲坐，何处闻灯不看来。'方是真实语。老盲不能夜游，晚来月色如银，意欲随行辈稍穿城市，而瘧鬼恼人，裹足高卧，幼女提一莲灯，戏视亦自灿然。"他老人家不能出去看灯，而对于幼女的莲花灯表示好感。我爱莲花，也爱莲花灯，今年元宵，就买了个莲花灯聊以自娱的。

反闲篇

旧时所谓士大夫之流，往往以闲为处世立身的目标，因以"闲轩""闲斋""闲止楼""闲闲草堂""闲心静居""得闲山馆""闲处光阴亭"等名其居处。文章诗词中，也尽多这种悠闲情调的作品，陶渊明的《闲情赋》，可算是一篇代表作。小品文中，如清代华淑的一则："余今年栖友人山居，泉茗为朋，景况不恶。晨起推窗，红雨乱飞，闲花笑也。绿树有琴，闲鸟啼也。烟岚灭没，闲云度也，藻荇可数，闲池静也。风细帘清，林空月印，闲庭幽也。以至山扉昼扃，而剥啄每多闲侣。帖括困人，而几案每多闲编。绣佛长斋，禅心释谛，而念多闲想，语多闲辞。闲中自计，尝欲择闲地数武，构闲屋一椽，颜曰‘十闲堂’，以寄闲身。"诗如明代袁中郎《闲居》云："只对陈编坐，闲将稚子行。笔罢书将老，瓶响茶初成。饥鹤窥冰涧，穷鸦话夕城。江烟回照里，转湿转鲜明。"词如陈其年《闲况》调寄《嬲人娇》云："屋对晴山，黛影离离争泫。山梅瘦，递香窗眼。细煎绿雪，注乳花盈碗。隐几坐，笺竟黄庭下卷。　饲鹤斜桥，听莺空馆。更相邀两三狂狷。看云选石，趁闲身尚健。此外事，付与天公总管。"看这些诗词文章中，都有动态，不过借个闲字来弄弄笔头，自鸣清高而已。

我受了这些文字的影响，也就以闲为平生追求的目标，忙乱之余，常常在闲字上着想。记得十余年前，在一所苏州的旧园子里发见了一块石碑，刻着明代高僧莲池大师手写的一首诗："一生心事只求闲，求得闲来鬓已斑。更欲破除闲耳目，要听流水要看山。"喜其深得我心，立时买了回来，立在我园梅屋之下。又在某一年的岁首，作了一首《元夜口占》道："华年似水悠悠去，利锁名缰一例删。朝看梅花暮看月，人生难得是心闲。"在当时政治黑暗的时代，自以为退闲下来，不去同流合污，是无可厚非的。然而置身事外，仿佛国家不是我的国家，先就犯了莫大的错误。又自以为我所追求的闲，并不是手闲身闲而是心闲脑闲，心闲得，脑闲得，而手和身闲不得，手一闲，身一闲，饱食终日，无所事事，那就是游手好闲之徒了。其实仔细想来，追求心闲脑闲，也是错误的。因为行动与思想是一致的，心和脑与手和身绝对不能划分，心和脑闲了，手和身如何会不闲？心和脑先劳动起来，然后能挥手和身同时劳动，然后能创造，然后能生产，然后能使生活丰富多彩。一位朋友说得好："一个人的生活是有其理想的，有理想，则心和脑永无闲之日，身与手亦永无闲之日。愉快是孕育于劳动以及劳动成果之中的。"又今春江苏师范学院一位教授，参观了我的盆栽盆景之后，认为这是劳动创造出来的综合之美，大为赞扬。虽是夸奖太过，愧不敢当，然而对于我也是一种鼓励。我现在虽已够劳动的了，然而还要跟大家一起劳动，不但是手和身不许闲，连心和脑也不许闲，昔人所谓"劳者自歌"，就是劳动后愉快的表现，让我们歌唱起来吧！作《反闲篇》。

老少年

秋花中的雁来红，别名老少年，大概因为它叶老经霜之后，越泛越红，显得年少之故。我国北方和西南各省，听说健康的老年人很多，有的已超过了一百岁。前年苏州市来了一位四川的高僧，法名虚云，年已一百十四岁，腰脚仍然轻健。曾在西园寺中小住，善男信女都纷纷前去顶礼，阊门外留园马路上踵趾相接，终日不断，还有许多好奇的人也来凑热闹，都要看看这位老寿星。

在苏联，像这样的老人也很多。据哈尔科夫大学生物科学研究所调查所得，年在九十岁以上的竟有四万人之多，就中妇女占四分之三，而一百岁到一百十岁的有四千四百二十五人，超过一百十岁的也有七百十七人。他们所以长寿之故，都是为的爱劳动，多吸新鲜的空气，而又没有烟酒的嗜好，所以心脏和神经都很健全。

据该研究所一九五三年的调查，阿塞拜疆共和国一个集体农庄的庄员艾华卓夫，已有一百四十三岁，他的老妻莎娜，已有一百二十岁，而他们的女儿大丽也已到达一百岁的大关了。他家子女孙曾和玄孙等，共有一百十八人，真的是人丁兴旺，福寿兼备。老艾虽已一百四十三岁，而仍在集体农庄中工作，也足见其老当益壮，可算得是个老少年了。

我的朋友中也有不少老少年，如今逾八十的陈泠先生，能在自己园子里拔野草，劳动如故。年已七十有八的谢瑞山先生，独自培养着四十多盆名种兰蕙，并能从拙政园徒步走到虎丘，游了山依旧徒步而返。年已七十有六的丁慎旃先生，去春曾单身往游黄山，直上天都峰，这真不愧是老少年了。

"祖国已经年青了，我们还会老么？"我敢代表这几位老先生这般说，而我这六十一岁的小弟弟，还常常把这句话鼓励自己，只当自己是一十六岁呢。

岁朝清供

春节例有点缀，或以花木盆景，或以丹青墨妙，统称之为岁朝清供。我以花木盆景作岁朝清供，行之已久。就是在八一三国难临头避寇皖南时，索居山村中，一无所有，然而也多方设法，不废岁朝清供。那时我在寄居的园子里，找到了一只长方形的紫砂浅盆，向邻家借了一株绿萼梅，再向山中掘得稚松小竹各一，合栽一盆，结成了岁寒三友，儿子铮助我布置，居然绰有画意。我欣赏之余，

以长短句宠之，调寄《谒金门》云："苔砌左，翠竹青松低
掸。借得绿梅枝矮婿，一盆栽正妥。　旧友相依差可，梅
蕊弄春无那。计数只开花十朵，瘦寒应似我。"原来这一
株绿梅，先天不足，后天失调，一共只开了十朵花，这乱
离中的岁朝清供，真是够可怜的了！

　　今年的岁朝清供，我是在大除夕准备起来的，以梅
兰竹菊四小盆，合为一组，供在爱莲堂中央的方桌上，
与松柏等盆栽分庭抗礼。梅一株，种在一只梅花形的紫
砂盆中，含蕊未放，花虽稀而枝亦疏，干虽小而中已枯，
朋友们见了，都说它是少年老成。兰一丛，着花五六朵，
已半开，风来时幽香微度。竹是早就种好了的，高低疏
密，恰到好处，这一次严寒袭来，虽经冰冻，却还青翠
可爱。菊是小型的黄色文菊，插在一只明代瓯瓷的长方
形浅盆中，灌以清水，伴以蒲石，虽曾结冰三天，依然
无恙，它不但傲霜，并且傲冰了。此外有天竹蜡梅各
三四枝，用水养在一只长方形的大石盆中，庋以红木高
几，落地安放。蜡梅之下，放着一块横峰大层岩石，更
有紫竹一小株，从石后斜出，倒映水中。这一盆本是早
就制成庆祝一九五五年元旦的，那时蜡梅大半含蕊，现

在却已全放，正可作春节的点缀了。在这大石盆前，着地放着一个蜡梅盆栽，老干虬枝，足有五六十年的树龄，今年着花不多，已在陆续开放，色香都妙，我曾有绝句一首咏之："蜡梅老树非凡品，檀色素心作靓妆。纵有冬心橡样笔，能描花骨不描香。"

古画中曾有岁朝清供这个专题，名家作品很多，都是专供春节张挂的。我也藏有清代计儋石、张猗兰等好几幅，所绘花果中，都含有善颂善祷之意。最难得的，有苏州的十六位画师给我合作的一幅大中堂，由邹荆庵作胆瓶天竹水仙，陈负苍作松枝山茶，余彤甫作石，周幼鸿作菖蒲，朱竹云作书卷，张星阶作老梅，蔡震渊作紫砂盆，张晋作柏枝万年青，朱犀园作竹，柳君然作百合柿子如意，程小青作荸荠橄榄，韩天眷作蜡梅，谢孝思作宝珠山茶，乌叔养作橘，蒋乐山作菱，卢善群作盂，命名为岁朝集锦，由范烟桥题记云："丁亥之秋，集于紫罗兰盦，琴樽余韵，逸兴遄飞，以素楮为岁朝图，迓新禧也。"我每逢春节，总得张挂此画，并以陈曼生所书"每行吉祥事，常生欢喜心"一联为配，联用珊瑚笺，朱色烂然，很适合于点缀春节的。

闹岁人家别样春

大除夕合家用火盆烧兽炭，老幼团团坐着闲谈，小儿女在旁嬉戏歌唱，通宵不睡，直到天明，旧俗称为守岁，不但苏州如此，大概各处都有此俗。卧室里头，还要点上一对一斤重的大蜡烛，通夜不可熄灭，生了花便算是喜讯，是大吉大利的。旁边还得安一只香炉，点上一支安息香，一支完了再接一支，与那蜡烛为伴，这蜡烛就叫做守岁烛。清代吴穀人有诗咏守岁烛云："烛房人乍醒，蜡炬未全消。阅岁心三寸，流光影一条。谁参无尽意，此是可怜宵。掩映迎神处，春红隔幕摇。"又王次回《残岁即事》云："纱笼椽烛焰如幢，火枭呈花喜一双。为惜轻风吹烬落，晓妆成后未开窗。"这是咏生了花的守岁烛的。

守岁之俗，由来已久，唐代杜少陵《杜位宅守岁》诗，有"守岁阿戎家"之句；宋代苏东坡诗中，也有"欲唤阿咸来守岁，林乌沥马斗喧哗"之句；又席振起《守岁诗》云："相邀守岁阿咸家，蜡炬传红映碧纱。三十六旬都浪过，偏从此夜惜年华。"末二语驳得有理，这就足见守岁之无谓了。

守岁诗中较有情致的，有清代朱九江《守岁与闺人夜话》二首："渐渐衣棱冻，娟娟鬓影深。镜奁今共命，灯火此愁心。万态趋残夜，孤思殿苦吟。高怀吾愧汝，卒岁耻言金。""近恚亦良已，遐忧方缺然。与卿方省恨，明岁入中年。事往疑寻梦，亲衰每祷天。翻怜株守好，说笑展春筵。"这分明是一对患难夫妻，而能于苦中寻乐的。又叶誉虎前辈有《除夕守岁》作云："流光难挽去如尘，珍重临歧意倍亲。情到无聊还尔尔，事如可例总陈陈。深宵灯火儿时影，闹岁人家别样春。更想明朝风雪里，折梅来认去年人。"这还是他二十岁以前的作品，而已稍涉感慨了。

安吉吴昌硕老画师，有《守岁作画》一诗，系以小序，很有风趣，序云："除夕不寐，挑灯待晓，命儿子检残书，试以难字，征一年所学，煮百合充腹。百合一名摩罗春，白花者根如玉莲花，食之益人肺胃，胜屠苏酒十倍也。雄鸡乱啼，残腊将尽，亟呵冻写图，吟小诗纪事。诗成，晨光入牖，爆竹声砰然，狐裘貂冠客挟刺贺新年，舆马过门矣。"诗云："藏书换米剩已稀，酸寒一尉将何依？守岁篝灯照虚壁，传闻翻说吾道肥。吾道不肥今复古，百合滋味同清苦。赢得梅花窗外开，画里何须折来补。"此老诗多古朴可喜，别饶郊寒岛瘦之致。他老人家中年曾做过一任小官，而又不会弄钱，常常闹穷，所以他的诗中往往自称酸寒一尉或酸寒尉，其牢骚可知。

千家笑语漏迟迟

农历十二月之最后一夜，名为大除夕，除，犹尽也，故又称大尽，前一夜为小除夕，又称小尽。旧社会中旧风俗，繁文缛节，以苏州为最，有辞年、守岁、接灶、封井、祀床、供年饭、画米囤、吃年夜饭诸俗，实在是够麻烦的。新社会不废旧风俗，人们辛苦劳动了一年，当此一年总结之期，作欢度春节的准备，祭祭祖先，吃吃年夜饭，是无伤大雅的。至于有涉迷信的风俗，早就不废而自废了。

记得八一三暴日入寇的那年，我和前东吴大学诸教授，避地皖南黟县的南平村中，我们一家老小九口，就在那边过年的，亡妻凤君，那时还很健旺。为了要使我忘却作客他乡之苦，特向居停女主人叶嬷嬷借了暖锅碗盏等，作了四盆七碗一暖锅的菜，大家团坐一桌，吃年夜饭，我家称为团圆饭，又称合家欢，在国难临头离乡背井之余，居然在千里外合家团聚，吃这一顿团圆饭，真是不容易的事。坐在首席的七十老娘，也笑逐颜开的，忘了身在异乡咧。叶嬷嬷待我们也特别好，在我们所住的园子里布置了一下，把好多只红纸灯挂在花树上，这夜虽无星月，有了这些红灯作点缀，也就不觉得凄清了。我曾记之以诗，得七绝二首："七簋四盘一暖锅，家乡风味未嫌多。客中犹吃团圆饭，难得慈亲展笑涡。""无星无月无桦烛，今昔悬殊感不胜。为谢居停怜远客，满园花树缀红灯。"

旧时诗人，对于除夕总有一番感慨，如清代黄仲则的《癸巳除夕偶成》一首，可算是代表作，诗云："千家笑语漏迟迟，忧患潜从物外知。悄立市桥人不识，一星如月看多时。"而曾刚甫的一首，却就一翻旧调，易烦恼为歌笑，这是富有积极性的。其诗云："终年咄咄无一字，去日悠悠有亿尘。自信劳生行未已，偶来杯酒坐相亲。醉归马上闻孤柝，倦枕荒鸡满四邻。除却垂腰烦恼带，不妨歌笑逐时新。"又查慎行《余波词》中，有《壬寅小除夜》调寄《梅花引》云："一方苔，一梢梅，残雪初消花未开。好风来，好风来，腊底春前，韶光方暗催。

明朝便是明年节（明日立春），勿论今夕为何夕。且衔杯，且衔杯，兄弟劝酬，白头知几回？"这一首词寓有及时行乐之意，今日看来，未足为训。

清代诗人陆圻《除夕与友人书》云："岁行尽矣，人意萧条，不知吾辈一生，应得几许年华，当如是除去耶？回首茫然，百感交集。幸即襆被过小斋，聊具辛盘椒酒，与兄屈指今岁三百六十四日中，得胜友几人？得惊人之诗几首？饮酒几石？游览名胜几何？笑几回？哭几次？清写一行年谱，以遣今夕何如？"前段对于年华之易逝，不无感慨；而后段清算一年之所得，颇有意义。我于今年除夕独坐追想，也曾想到这一年中做了几个盆栽？几个盆景和石供？参加了几次集会和学习？写了几篇文？几首诗词？得了几种文玩？可是因为记忆力较差，举不出一个数字来，只是一篇糊涂账罢了。

岁寒二友

昔人称松、竹、梅为岁寒三友，松竹原是终年常备，而岁寒时节，梅花尚未开放，似乎还不能结为三友。倒是蜡梅花恰在岁尾冲寒盛开，而天竹早就结好了红子等待着，于是倾盖相交，真可称为岁寒二友。

吾家凤来仪室西窗外，有素心蜡梅三干鼎立，姿态入画，已有四十余年的树龄，年年着花累累，香满一庭。旁侧有天竹一大丛，共数十枝，霜降以后，子就猩红照眼。看它们相偎相依，恰像两个好朋友相视而笑，莫逆于心一般。此外我又有一个蜡梅盆栽，枯干虬枝，粗逾小儿臂，开花素心，作磬口形，自是此中佳种。又有一个天竹盆栽，共七八枝，有枯干，有新枝，有高有低，有疏有密，每年也有二三枝结子的。我把这两盆放在一处，自觉得相得益彰。

蜡梅原名黄梅，宋代熙宁年间，王安国尚有咏黄梅诗。到了元祐年间，苏东坡、黄山谷改名为蜡梅，因其花黄似蜡之故。明代李笠翁有言："蜡梅者，梅之别种，殆亦共姓而通谱者欤？然而有此令德，亦乐与联宗。"此说很为隽妙。花有虽已盛开而仍然半含，状如磬口的，名磬口梅，出河南；花有形似荷花，瓣作微尖的，名荷花梅，出松江；花有开最早，而色作深黄，香气浓郁的，名檀香梅，现已少见；有花小香淡而红心，未经接种的，名狗蝇梅，有人讹作九英，这是蜡梅下品。

宋代王直方父家养有侍儿很多，中有一女名素儿，姿容最美，王曾以折枝蜡梅花送诗人晁无咎，晁赋诗答谢，有"芳菲意浅姿容淡，忆得素儿如此梅"之句，一时传为佳话，因此蜡梅又有素儿别称。据旧籍中载：蜡梅又号寒客、久客，料因它耐寒耐久之故。

古今来诗人词客咏蜡梅花的，并不很多，我最爱韩子苍一绝云："路入君家百步香，隔帘初试汉宫妆。只疑梦到昭阳殿，一簇轻红簇淡黄。"又断句如范成大云："金雀钗头金蛱蝶，春风传得旧宫妆。"耶律楚材云："枝横碧玉天然瘦，蕊破黄金分外香。"都很贴切。词如顾贞观《蜡梅花底感旧》调寄《小重山》云："春到愁魔待厌禳。试东风第一，道家妆。蜡丸偷寄紫琼霜。檀心展，凭付与檀郎。　金磬敛花房。相逢应只在，水仙旁。色香空尽转难忘。人何处？沉痛觅姚黄。"看了"金磬敛花房"一句，可知他所咏的是磬口梅了。

天竹常见于江苏、湖北诸地，又名南天竺，或南天烛，是灌木性而终年常绿的。枝高二三尺、五六尺不等，叶与楝树叶相像，较小，初夏开五瓣小白花，后结一簇簇的绿子，经了霜渐渐变红，十分鲜艳。子的结法各有不同，子大而密的一种，名油球；子疏而向上高簇的，名满天星；子结得很多而向下低垂的，名狐尾。这三种，以狐尾为最有风致。此外有结子作鹅黄色的，名黄天竹，比红天竹为难得；更有结蓝子的蓝天竹，最为名贵，可

岁寒二友

说绝无仅有，听说拙政园中却有一枝，我未之见，容去访寻一下。

我于八一三日寇陷苏时，避地皖南黟县的南屏山村中，岁时苦无点缀，邻女以蜡梅、天竹各一枝相赠，喜出望外，因赋小令《好事近》二阕为谢，录其一云："傍榻列陶瓶，天竹殷殷红透。好与寒梅作伴，喜两相竞秀。

梦回夜半忽闻香，冉冉袭罗袂。晓起检看衣带，又一花黏袖。"此词确是写实。因为陶瓶安放得离卧榻太近，所以蜡梅花掉在榻上，竟黏住在衣袖间了。

橘的天下

记得去年秋间，曾见报载，我国四川省所产的橘输出国外，每一吨可换回钢材十多吨，看了这消息，很为兴奋，心想我们尽可不吃橘子，尽量向外国去换回钢材来，那么对于重工业和国防建设，贡献实在太大了，因咏之以诗："建国还须建国防，取材海外有良方。何妨不食千头橘，尽换铮铮百炼钢。"事实上我国各地橘的产量特大，所以入冬以来，大小城镇中的鲜果铺里和鲜果摊上的橘，满坑满谷，到处可见，仍然是橘的天下。

橘又名木奴，是常绿灌木，树身高丈余，茎间多刺，叶两头皆尖，夏初开小白花，清香可喜，入秋结实，初作绿色，经霜渐泛硃红色，那就成熟了。橘的名色很多，有塌橘、包橘、沙橘、绵橘、冻橘、油橘、乳橘、荔枝橘、穿心橘、自然橘等等，都闻所未闻，现在怕已断种。还有一种绿橘，作绀碧色，不等到霜降之后，色味都好，冬间采下来时，还是新鲜可爱，这在苏州也是从未见过的。我们现在所能吃到的，就只有福橘、洞庭红、汕头蜜橘、厦门蜜橘、黄岩蜜橘、暹罗蜜橘、天台蜜橘，以及娇小玲珑而没有核的南丰贡橘了。

橘的产区最广，真的遍及天下，如苏州、台州、温州、漳州、福州、荆州以及四川、广东等省。而古书中所载，地区更多，如《吕氏春秋》说，果之美者，有江浦之橘。《述异记》说，勾漏县有绿橘青柑。又说，条阳山中有白橘花，色翠而实白，大如瓜，香闻数里。《武夷山志》说，峰山有仙橘，小者如弹丸，其皮可食，大者如鸡卵，味尤甘。《广州记》说，罗浮山有橘，夏熟，实大如李。此外如长沙的善化县有橘洲，产橘极多。又常德也有橘洲，长二十里，是吴李衡种橘的所在。又巴县在刘先主时，设有橘官，这种官大概都是搜刮了好橘进贡皇家的，不用说都是扰民的了。看了古今来产橘地区之广，称为橘的天下，谁曰不宜？

关于橘的文献，也是在文学史上极有价值的，如我们的爱国大诗人屈原，就有一篇《橘颂》，不妨转录于此："后皇嘉树，橘徕服兮。受命不迁，生南国兮。深固难徙，更壹志兮。绿叶素荣，纷其可喜兮。曾枝剡棘，圆果抟兮。青黄杂糅，文章烂兮。精色内白，类任道兮。纷缊宜修，姱而不丑兮。嗟尔幼志，有以异兮。独立不迁，岂不可喜兮。深固难徙，廓其无求兮。苏世独立，横而不流兮。闭心自慎，终不失过兮。秉德无私，参天地兮。愿岁并谢，与长友兮。淑离不淫，梗其有理兮。年岁虽少，可师长兮。行比伯夷，置以为像兮。"他如魏曹植、晋潘岳、梁吴均、宋谢惠连等都有《橘赋》，可见橘是如何的见重于骚人墨客了。

得水能仙天与奇

"得水能仙天与奇"，这七个字中嵌着"水仙"二字，原是宋代诗人刘邦直咏水仙花的，以下三句是："……寒香寂寞动冰肌。仙风道骨今谁有？淡扫蛾眉篸一枝。"这首诗确是贴切水仙，移咏他花不得。

水仙是多年生草，生在湿地，茎干中空如大葱，而根如蒜头，出在厦门的，往往三四个排在一起；出在崇明的，只是单独的一个。叶与萱草很相像，可是较萱叶为厚，春初有茎从叶中抽出，渐抽渐长，梢头有薄膜包着花蕊数朵，开放时花作白色，圆瓣黄心，有似一盏，因此有"金盏银台"的别称。此花清姿幽香，自是俊物。花有复瓣与单瓣二种，复瓣的名玉玲珑，花瓣褶皱，下部青黄而上部淡白，称为真水仙。据说还有开花作红色的，却从未见过。我偏爱单瓣，以为可以入画，几位画友，也深以为然。六朝人称水仙为雅蒜，我前年曾从骨董铺中买到一个不等边形的汉砖所琢成的水仙盆，上刻"雅蒜"二字，署名"之谦"，岁首供崇明水仙十余株，伴以荆州红石子，饶有画意。

水仙也有神话，据说华阴人汤夷，服水仙八石为水仙，即名河伯。谢公梦一仙女赠与水仙一束，次日生一女，长而聪慧工诗。姚姥住长离桥，寒夜梦见观星落地，化作水仙一丛，又美又香，就吃了下去。醒来生下一女，稍长，聪明能文，因名观星，观星即是天柱下的女史星，所以水仙一名女史花，又名姚女花。

宋代杨仲囦从萧山买到水仙花一二百本，种在两个古铜洗中，十分茂美，因学《洛神赋》体，作《水仙花赋》。此外如高似孙有《水仙花前赋》《后赋》，洋洋千余言，的是杰作。元代任士林，明代姚绶，也各有《水仙花赋》，都以洛浦神女相比拟。清代龚定盦，十三岁作《水仙花赋》，有"有一仙子兮其居何处？是幻非真兮降于水涯。弹翠为裾，天然妆束。将黄染额，不事铅华"之句，也是比作水中仙女的。

诗词中咏水仙花的，佳作很多，如明王毅祥云："仙卉发璃英，娟娟不染尘。月明江上望，疑是弄珠人。"元陈旅云："莫信陈王赋洛神，凌波那得更生尘。水香露影空清处，留得当年解珮人。"袁士元云："醉拦月落金杯侧，舞倦风翻翠袖长。相对了无尘俗态，麻姑曾约过浔阳。"丁鹤年云："影娥池上晓凉多，罗袜生尘水不波。一夜碧云凝作梦，醒来无奈月明何。"明文徵明云："罗带无风翠自流，晚寒微弹玉搔头。九疑不见苍梧远，怜取湘江一片愁。"清金逸云："枯杨池馆响栖鸦，招得姮娥做一家。绿绮携来横膝上，夜凉弹醒水仙花。"这些诗句，都是雅韵欲流，足为水仙生色。

石湖

杭州的西湖，名闻世界，而苏州的石湖，实在也不
在西湖之下。石湖是太湖的支流，周围二十里，相传范
蠡就由这里进入五湖的。东有越来溪，越国侵略吴国来
自此处，故名越来，那时原有越城，宋代名臣范成大就
其原址造了一所别墅，有亭有榭，种了不少梅花，别筑
丰圃堂，下临石湖，宋孝宗亲书"石湖"二大字赐予他，
中有北山堂、天镜阁、玉雪坡、锦绣坡、千岩观、梦渔

轩、说虎轩、盟鸥室、绮川亭等，而以天镜阁为第一，范氏曾作上梁文，有"吴波万顷，偶维风雨之舟；越成千年，因筑湖山之观"诸语，其旨趣如此，一时名人，都纷纷以文词赞美他，可是时异世变，到现在早已荡然无存了。

距今约三十年前，苏州名书家余冰臣觉，曾就范氏天镜阁旧址造一别墅，恰与上方山遥遥相对，风景绝胜。他的夫人沈寿，以刺绣享盛名于国际。余氏八十岁生日，我和范烟桥、范君博二兄等同去祝嘏，就参观了他的别墅，凭阑小立，湖水荡漾于前，使人尘襟尽涤。

行春桥接近上方山麓，有环洞九个，倒影湖水中，足供观赏。每年农历八月十八日，苏沪一带工农男女，都到这里来看串月，桥边船舶如云，联接不断，鼓乐之声响彻云霄，一直要到天明才散。所谓串月，据说是十八夜月光初现的时候，映入行春桥桥洞中，其影如串；又有一说：十八夜从上方塔的铁链中间，可以看到此夜月的分度，恰当铁链的中央，联成一串，所以名为串月。清代沈朝初有《忆江南》词咏之："苏州好，串月看长桥。桥畔重重湖面阔，月光片片桂轮高。此夜爱吹箫。"

一九五三年的农历中秋后二日，老友俞子才、徐绍青、叶蔾青三画师约同往观串月，我因返苏卜居已达二十年，而从未见过，因欣然追随前去。前一天已经定好了一艘画舫，并备了旨酒佳肴，共谋一醉，三君因爱好写生，所以也带了全副画具，打算合作一幅《石湖秋泛图》。饱餐了一顿之后，船已停泊中流，大家坐在船头看月，那一轮满月，像明镜般挂在中天，照映着万顷清波，似乎特别的明朗，我于欢喜赞叹之余，口占了七绝二首："一水溶溶似玉壶，行春桥畔万船趋。二分明月扬州好，今夜还须让石湖。""秋水沦涟月满铺，长空如洗点尘无。嫦娥绝色倾天下，此夕分明嫁石湖。"大家听了，以为想入非非。看了好一会月，回到船舱里，三君就杀粉调铅，开始作画，先给我合作了一张便面，绍青画高士，蔾青画古松，子才补景足成之，三君为吴湖帆兄高弟，所以自成逸品。我喜题一绝："飞瀑千寻绝点尘，虬松百尺缀龙鳞。翩翩白袷谁家子，疑是六如画里人。"这便面后来给湖帆兄看见了，就在背面题了一阕和范石湖《三登乐》词，更觉得添花锦上了。我看画看月，兴高采烈，始终没有倦意。直到天明时，送去了残月，迎来了朝阳，才兴尽而返。这时游人渐散，游船渐稀，石湖也似乎沉沉欲睡了。

梦

秋菊已残，寒雨连朝，正在寂寞无聊时，忽得包天笑前辈香岛来翰，琐琐屑屑地叙述他的身边琐事，恍如晤言一室，瞧见他那种老子婆婆、兴复不浅的神情。记得对日抗战时期，我曾有七律一首寄给他："莽荡中原日已沉，风饕雨虐苦相侵。羡公蓬岛留高躅，老我荒江思素心。排闷无如栽竹好，恋家未许入山深。何时重订看花约，置酒花前共细斟？"不料他老人家一去多年，迄未归来，正不知何时重订看花约啊？

　　这一封信，开头就说了他上月所得的一个梦，梦见我新婚燕尔，而同时又在我的园子里，举行了一个书画展览会，备有一个签名册子，各人纷纷题句，他也写了七绝一首，醒时只记得下二句云："好与江南传韵事，风流文采一周郎。"据说他近数年来，久已不事吟咏，而梦中常常得句，真是奇怪，不过醒来都已忘却；上二句还是在枕上硬记起来的，所以特地写信来告知我。可是"风流文采一周郎"之句，实在愧不敢当。

　　我是一个多梦的人，这些年来几乎夜夜有梦，醒后有的还记得，有的已记不得了。所幸我做的梦，全是好梦，全是愉快的梦；要是常做恶梦，那么动魄惊心，这味儿是不好受的。今年春季，有友人游了西湖回来，对我称赞湖上建设的完美，说得有声有色。我听了十分羡慕，恨不得立刻插翅飞去，和那阔别十余年的西子重行见面。谁知当天晚上入睡之后，我竟得了一梦，梦中畅游西湖，把旧时所谓西湖十八景，一一都游遍了。可是游过了九溪十八涧，再往西溪看芦花，拍手欢呼，顿从梦中醒了回来。这一场游西湖的好梦，真和亲到西湖去一般有趣，连一笔游费也省下来了。我于得意之余，做了《西湖梦寻诗》三十首，每一首的第一句都是"我是西湖旧宾客"七字，第二句中都有一个"梦"字，如"春来夜夜梦孤山""正逢春晓梦苏堤"等，恐占篇幅，不能将三十首一一录出，只录最后的三首："我是西湖旧宾客，九溪曲曲梦徘徊。记曾徒跣溪头过，跳出鲤鱼一尺来。""我是西湖旧宾客，西溪时向梦中浮。记从月下吟秋去，如雪芦花白满头。""我是西湖旧宾客，春来那不梦西湖。十年未见西湖面，还问西湖忆我无？"俗语说得好："日有所思，夜有所梦。"我因为白天想游西湖，所以一梦蓬蓬，竟到西湖畅游去了。

　　更有一个例子，足以证明"日有所思夜有所梦"一语的正确。譬如抗日战起，苏州沦陷时，我与前东吴大学诸教授先后避寇于浙江南浔与皖之黟县山村，虽然住得很舒服，并且合家同去，并不寂寞，但仍天天苦念苏州，苦念我的故园，因此也常常梦见苏州，并且盘桓于故园万花如海中了。那时我所做的诗，所填的词，就有不少是说梦的，如《兵连》云："兵连六月河山变，劫火弥天惨不收。我亦他乡权做客，寒衾夜夜梦苏州。"《梦故园》云："吴中小筑紫兰秋，羁旅他乡岁月流。瞥眼春来花似海，魂牵梦役到苏州。"《思归》云："中宵倚枕不胜愁，一片归心付水流。愿托新安江上月，照人归梦下苏州。"《梦故园花木》云："大劫忽临天地变，割慈忍爱与花违。可怜别后关山道，魂梦时时化蝶归。"

《梁祝》本事考

　　《梁山伯与祝英台》，无疑地是吾国流传得最广泛的一个民间故事，各地地方戏中，常有演出，而以越剧为最著，每一个剧团中都有这一出看家戏。往往别的戏演腻了而卖座衰落的时候，就搬出《梁祝》来演一下，顿时吸引了观众纷至沓来，足见广大群众是如何的喜爱这个故事了。

　　川剧中的《梁祝》，别有一名，叫做《柳荫记》，故事比越剧稍简，并没有《楼台会》的一节，民锋苏剧团的《梁祝》，就是根据《柳荫记》的。弹词中也有《梁祝》，弹词家纷纷传唱，以朱雪琴、郭彬卿一组为最得好评，故事似乎取材于越剧，与越剧异曲同工，听了是很够过瘾的。

《梁祝》的本事，考之浙江《鄞县志》，与地方戏所演出的颇有出入。据说县西十六里接待寺西，有义忠王庙，一名梁圣君庙，祀东晋鄞令梁山伯（按鄞县在东晋时名鄮县），安帝时，刘裕奏封为义忠王，令地方官立庙。宋代时郡守李茂诚撰庙记，竟称之为神。其所以称神之故，却有一段神话，说是孙恩犯会稽时，太尉刘裕往讨，山伯托梦刘裕相助，夜间烽燧荧煌，兵甲隐见，孙等见了大惊，就入海逃去。至于与祝英台同化蝴蝶的话，那是不可考了。

据庙记中说：神讳处仁，字山伯，姓梁氏，会稽人，他的母亲梦见太阳贯穿胸怀，怀孕了十二个月，以东晋穆帝永和壬子三月一日分瑞而生。幼年时就聪明有奇气，长而就学，最爱坟典，曾从名师进修。过杭州时，在路上遇见一位青年，容貌端正，长身玉立，带了行李上渡船，坐在一起，山伯问他姓名，他回说姓祝，名贞，字信斋，问他从哪里来？说是来自上虞乡间，问他往哪里去？说是去求学的。双方讨论学问，很为相得，山伯便道："我们的家乡相去很近，我虽不敏，很愿攀附一下，希望您不要见外。"于是两人欣然同行，合从一师，同学了三年，祝因思亲先行回乡。过了二年，山伯也回去省亲，到上虞访祝，遍问祝信斋其人，竟没有人认识他，却有一位老者在旁笑道："我知道了，能文章的不要是祝家的九娘英台么？"当下找到祝家门上，山伯才知他的同学是个女子，别后重逢，十分欢洽，饮酒赋诗，珍重别去。回家之后，思慕英台才貌，因此禀请父母去求婚，谁知英台已许配了鄮城廊头马氏，好事不成，山伯长叹道："生当封侯，死当庙食，区区婚姻事，又何足道！"后来简文帝举贤良，郡中以山伯应召，被任为鄮县令，不久就害了重病，病危时对左右说："鄮县西清道源九龙墟是我的葬地。"说完，就瞑目长逝了，年只二十有二。郡人依照他的遗言，将他葬在西清道源的九龙墟，明年暮春，英台遣嫁马氏，搭了船乘流西来，突遇大风浪，船竟不能前进，问篙师，他回说："这里却有山伯梁县令的新坟，岂不奇怪！"英台听了，忙到坟前去拜奠，哀恸之余，坟地裂开，就耸身跳将下去，侍从即忙拉住她的裙子，裙幅却像云片一般飞散了。郡人将此事上奏朝廷，丞相谢安请封为义妇冢，勒石江左。清代李裕有诗咏其事："冢中有鸳鸯，冢外唤不起。女郎歌以怨，辄来双凤子。织素澄云丝，朱幡剪花尾。东风吹三月，春草香千里。长裙裹泥土，归弹壁鱼死。"

宜兴善权洞外，有碧藓庵，庵前有台，相传是祝英台读书处，清代词人陈其年过其地，填了一阕《祝英台近》："傍东风，寻旧事，愁脸界红箸。任是年深，也有系人处。可怜黄土苔封，绿罗裙坏，只一缕春魂抛与。

为他虑，还虑化蝶归来，应同鹤能语。赢得无聊，呆把断垣觑。那堪古寺莺啼，乱山花落，惆怅煞，台空人去。"可是《鄞县志》中并没有提起梁、祝在宜兴就学，那么这善权洞外的祝英台读书处，又未必可信了。

《梁祝》的家具

新中国的第一部彩色电影片《梁山伯与祝英台》，第一次的上映，竟不在国内而在国外，并且在世界历史上占有一页的日内瓦会议期间映上银幕，给参与会议的各国贵宾们欣赏，这是史无前例，而值得大书特书的。

这一部电影的摄制过程中，我也曾贡献过一份小小力量，这是一件很荣幸的事。原来上海电影制片厂在着手摄制之前，为了郑重起见，特派专管道具的胡倬云、张曦白两位前往北京物色古式的家具，找到了一部研究古家具的专书，按图索骥，虽有所得，只因装运不便，空手而返。终于到了苏州，听说我爱好古式的陈设，特来访问，看了紫罗兰盦和寒香阁中几件几椅，很为惬意，可是数量不多，无济于事。他们问起苏州有没有人家或店铺可以大量供给这种古式家具的？我不觉长叹了一声，说早已完了。

胡、张二位听了这话，很为失望，最后我提出了一个建议，说洞庭东山旧家很多，也许可以找到一些，不过梁祝是晋代的人，如果要找晋代的家具，那是踏破铁鞋无觅处的，只能以式样古老为目标，尺度要特别放宽才是。胡先生笑了起来，说晋代到现在有多少年了，如果是铁打的家具，也许可以遗传下来，木器当然是不会有的，我们所访求的，也不过是式样古老罢了。苏州方面既没有希望，那么我们就到洞庭东山去走一遭吧。

老友赵国桢兄，对于古式家具很有研究，专营此业，我家的东西，也大半是他助我搜罗的。并且他很熟悉东山的旧家，当地又有熟人可作向导，于是我就请他带头，一行四人，搭船直往洞庭东山，不到一天的时间，那远远近近似螺似髻的七十二峰，已在船头含笑相迎了。

我们到了东山，赵兄就找到一位姓严的朋友，他是识途老马，一连四天，伴同我们从前山走到后山，又从后山回到前山，几乎走遍了所有的旧家，可是所得也并不很多，只有数十件，总算已够应用，内中有些是明代的，自有古色古香之致。胡、张两位得此收获，已很满意，就欣然的回上海去了。

《梁山伯与祝英台》由越剧名演员袁雪芬、范瑞娟主演，她们的艺事，已达到了炉火纯青的地步。布景并不摄取天然风景，而用绘画为代，由老友张光宇兄执笔，画面十分美观，使这部艺术片更增加了艺术的气氛。在苏州第一次上映时，我忙着前去观赏，见片中几件家具似曾相识，这就是我们前年在洞庭东山像觅宝一般觅来的宝物了。

苏州的宝树

　　旧时诗人词客，在他们所作的诗词中形容名贵的花草树木，往往用上琪花、瑶草、玉树、琼枝等字句，实则大都是过甚其词，未必名符其实。据我看来，苏州倒的确有几株出类拔萃的古树，称之为树中之宝，可以当之无愧。

　　最最宝贵的，无过于光福司徒庙中的几株古柏，庙门上有"柏因社"三字，就是因柏而名的。柏原有八株，后死其二，现存六株，其中最大最古的四株，据说清帝乾隆曾以清、奇、古、怪称之，树龄都在千余年以上，就是无名的两株，也并无逊色。今年初秋，曾偕同园林修整委员会诸委员并园林管理处同人，察勘香雪海的梅花亭，顺道往看古柏，见清、奇、古、怪四株，依然是清奇古怪，各有千秋，我虽已和它们阔别了十多年，竟浓翠欲滴，矫健如常，就是其他二株，好像在旁作陪似的，也一无变动，我想给它们题上两个尊号，一时竟想不出得当的字来。

清代诗人施绍书曾以长歌宠之："一柏直上海螺旋，一柏挛攫枝柯相胁骈。二柏天刑雷中空，伛者毒蛇卧者秃尾龙，上有蓊蔚万年不落之青铜。疑是商山皓，须鬐戟张面重枣。或类金刚舞，瞠眙杰夐目眦努。可惜陪贰四柏颓厥一，佛顶大鹏衔之掷过崭岩逸。否则八骏腾骧八龙叱，何异秃眇跛瘘蹀躞游戏齐廷出。安得巨灵擘山，巫阳掌梦，召之归来，虬干错互掩映双徘徊。吁嗟乎！一柏走僵七柏植，欲噏精英月华戾，夜深月黑灯光荧，非琴非筑声清冷。天风飕飕，仙乎旧游，万籁灭息，远闻鹇鹍。此言谁所述？我闻如是僧人成果说。"诗颇奇崛，恰与古柏相称。而吴大澂清卿的《七柏行》，对于这七株古柏一一写照，更有颊上添毫之妙，如："司徒庙中古柏林，百世相传名到今。我来图画古柏状，日暮聊为古柏吟。一柏亭亭最清绝，斜结绳文寒欲裂。九华芝盖撑长空，几千百年不可折。一柏如桥卧彩虹，霜皮剥落摧寒风。霹雳一声天半落，残枝满地惊飞蓬。一柏僵立挺霄汉，虬枝蟠结影零乱。冰雪曾经太古前，炼此千寻坚铁干。一柏夭矫如游龙，蒙头酣卧云重重。满身鳞甲忽飞舞，掷地化作仙人笻。中有二柏亦奇特，清阴下覆高柯直。纵横寒翠相纷拏，如副三槐参九棘。墙根一柏等附庸，侧身伏地甘疏慵。昂头横出一奇干，千枝万叶犹葱茏。(下略)"

　　读了此诗，就可以想象到这些古柏的姿态了。我以为它们不但是苏州的宝树，实在足以代表全国。

　　另一株宝树，就是沧浪亭东邻结草庵里的古栝，俗称白皮松，在全苏州所有的老栝中，这是最大最古老的一株，干大数围，是南方所稀有的。明代大画家沈石田曾说庵中有古栝十寻，数百年物，即指此而言。自明代至今，又加上了四百多岁，那么这古栝的年龄定在一千岁以上了。番禺叶誉虎前辈寓苏时，常去观赏，并一再赋诗咏叹，如《赠栝》一首云："消得僧房一亩阴，弥天鬐甲自萧森。拏云讵尽平生志，映月空悬永夜心。吟罢风雷供叱咤，梦余陵谷感平沉。破山老桂司徒柏，把臂应期共入林。"沧浪亭对邻可园中荷花池畔，有一株胭脂梅，据说还是宋代所植，有人称之为"江南第一梅"。据我看来，树干并不苍古，也许老干早已枯死，这是根上另行挺生的孙枝了。每年春初花开如锦，艳若胭脂，我园梅丘上的一株，就是此梅接本，我曾宠之以词，调寄《忆真妃》云："翠条风搦烟挖，影婆娑，疑是灵猿蜕化作虬柯。　春晖暖，琼英坼，艳如何，错道太真娇醉玉颜酡。"梅花单是色彩娇艳，还算不得极品，一定要有水光，才是十全十美。这株胭脂梅，就是好在有水光，普通的梅花和它相比，不免要自惭形秽了。

花光一片紫云堆

　　我对紫藤花，有一种特殊的爱好。每逢暮春时节，立在紫藤棚下，紫光照眼，缨络缤纷，还闻到一阵阵的清香，真觉得可爱煞人！

　　我记到了苏州的几株宝树，怎么会忘却拙政园中那株夭矫蟠曲如虬如龙的老紫藤呢？这紫藤的主干又枯又粗，可供二人合抱，姿态古媚已极。据说是明代诗书画三绝的文徵明所手植，五六百年来饱阅风霜，老而弥健，只因曲曲弯弯地蟠将上去，不比其他古树的挺身而立，所以下面支以铁柱，上面枝叶伸展开去，仿佛给满庭张了一个绿油油的天幕。壁间有不知何人所题的"蒙茸一架自成林"七字，并于地上立一碑，大书"文衡山先生手植藤"八字。解放后，苏南文物管理委员会来整修拙政园，对于这株古藤非常重视，特地装置了一排砑红漆的栏杆保护它，要使这株宝树延长寿命，长供公众的欣赏，这措施实在是必要的。每年开花时节，我总得专诚前去，痴痴地靠着红栏杆，饱领它的色香。有时为那虬龙一般的枯干所陶醉，恨不得把它照样缩小了，种到我的那只明代铁砂的古盆中去，尊之为盆栽之王。

此外南显子巷惠荫园中的水假山上，也有一株老藤，是清康熙年间名儒韩菼所手植，所以藤下立有"韩慕庐先生手植藤"一碑。主干也有一抱多，粗粗的枝条，好像千手观音的手一般伸展开去，一枝枝腾拏向上，有好几枝直挂到墙外去，蔚为奇观。暮春时敷荫很广，绿叶纷披中，一串串的像流苏般挂满了紫色的花，实在是足与文衡山的老藤争妍斗艳的。此外更有一株老紫藤，在木渎山塘青石桥附近。沿塘有一株老榆树，粗逾两抱，却交缠着一株又粗又大的老藤，估计它的高寿，也足足有一百多岁了。这一榆一藤交缠在一起，仿佛是两个力大无朋的大汉，在那里打架角力一般，模样儿很觉好玩。曾由故张仲仁先生给它们起了一个雅号，叫做"古榆络藤"，现在不知依然无恙否？

我家园子里，也有一株老藤，主干已枯，古拙可喜。难能可贵的是，它的花是复瓣的，作深紫色，外间从未见过，据说是日本种，朋友们纷纷称美。我曾以七绝一首宠之："繁条交纠如相搏，屈曲蛇蟠擘不开。好是春宵邀月到，花光一片紫云堆。"架上另有一株，年龄稍小，花作浅红色，也很别致，可惜地盘都给前一株占去了，着花不多，似乎有些屈居人下的苦痛。除此以外，我又有盆栽紫藤多株，以沧浪亭可园移来的一株为甲观，主干只剩半片，而年年开花数十串，生命力仍很充沛。另有两株是日本种的九尺藤，花串下垂特长，可是九尺之称，实在是夸大的。其他山藤多株，都不见开花，据一位老园艺家说，倘把盆子埋在地下，使根须透出盆底的小孔，就会开花，今春我已如法一试，不知明年究能如愿否？紫藤花有清香，倘蘸了面粉的糊，和以白糖，入油锅炸熟，甘香可口，好奇者不妨一尝试之。

插花

好花生在树上，只可远赏，而供之案头，便可近玩。于是我们就从树上摘了下来，插在瓶子里，以作案头清供，虽只二三天的时间，也尽够作眼皮儿供养了。说起瓶子，正如今人所谓丰富多彩，各各不同，质地有瓷铜玉石砖陶之分，式样有方圆大小高矮之别。这还不过是大纲而已，若论细则，那非写一部专书不可。单以瓷瓶而论，就有甚么官窑、哥窑、柴窑、钧窑、郎窑、定窑等等名目，式样之五花八门，更不用说；铜器又有甚么觚、尊、罍、觯等等名目，就是依着它们的式样而定名的。其他玉石砖陶用处较少，也可偶而一用。比较起来还是用陶质的坛或韩瓶等等插花最为相宜，坛口大，可插多枝或多种的花；如果是三五枝花，那么用小口的韩瓶就得了。安吉名画家吴昌硕先生每画折枝花，喜画陶坛和韩瓶，瞧上去自觉古雅。

插花虽小道，而对于器具却不可随便乱用，明代袁中郎的《瓶史》中曾说："养花瓶亦须精良，譬如玉环飞燕，不可置之茅茨，又如嵇阮贺李，不可请之酒食店中。尝见江南人家所藏旧瓶，青翠入骨，砂斑垤起，可谓花之金屋。其次官哥象定等窑，细媚滋润，皆花神之精舍也。"据他的看法，大概插花还是以铜瓶为上，所以有"青翠入骨，砂斑垤起"之说，而瓷瓶次之，即使是名窑，也不得不屈居其下。但我以为也不可一概而论，譬如粗枝大叶的花，分量较重，插在瓷瓶中易于翻倒，自以铜瓶为妥善。记得去秋苏州怡园开幕时，我举行盆栽瓶供个人展览会，曾用一个古铜瓶插一枝悬崖的枇杷花，枝干很粗，主体一枝，另一枝斜下作悬崖形，而叶子十多片，每片好似小儿的手掌般大，倘用瓷瓶或陶瓶来插，定然不胜负担，因此不得不借重铜瓶了。今年元宵节，我从梅丘的一株铁骨红梅树上，折了一枝粗干下来，也插在一个古铜瓶中，不但是觉得举重若轻，而且色彩也很调和，红艳艳的梅花，衬托着黑黝黝的瓶身，自有相得益彰之妙。这一夜供在爱莲堂中，与灯光月色相映，真的赏心悦目，美不可言。

铜瓶蓄水插花，可免严冬冻裂之弊，据说出土的古铜瓶，因年深月久地受了土气，插花更好，花光鲜艳，如在枝头一样，并且开得快而谢得慢，延长了寿命，结果子的花枝，还能在瓶里结出果子来。可是我没有亲见，不敢轻信。瓷瓶插花，自比铜瓶漂亮，但是严冬容易冰碎，未免美中不足，必须特制锡胆，或则利用竹管，更是惠而不费，否则在水中放些硫磺，也可免冻。

插花不可太多，以三枝或五枝最为得当，并且不可太齐，应当有高有低，也应当有疏有密。瓶口小的，自是容易插好，要是瓶口太大，那么李笠翁《闲情偶寄》中发明"撒"之一物，说是以坚木为之，大小其形，不拘一格，其中或扁或方，或为三角，但须圆形其外，以便合瓶。我以为此法还是太费，不如剪一根树枝，横拴在瓶口以内，或多用一根，作十字形，那么插了花可以稳定，不会动摇了。

再谈插花

　　袁宏道中郎，是明代小品文大家，世称公安派，颇为有名。他平日喜以瓶养花，对于瓶花的热爱，常在诗歌和文章中无意流露出来。他所作的《瓶史》，就是专谈此道的，他的小引中说："……幸而身居隐现之间，世间可趋可争者既不到，余遂欲欹笠高岩，濯缨流水，又为卑官所绊，仅有栽花莳草一事，可以自乐。而邸居湫隘，迁徙无常，不得已乃以胆瓶贮花，随时插换。京师人家所有名卉，一旦遂为余案头物，无扦剔浇顿之苦，而有味赏之乐，取者不贪，遇者不争，是可述也。"他那插瓶花的旨趣是如此。

《瓶史》全文不过三千多字，分作十二节，一为花目，二为品第，三为器具，四为择水，五为宜称，六为屏俗，七为花祟，八为洗沐，九为使令，十为好事，十一为清赏，十二为监戒。我先后读了两遍，觉得他似乎在卖弄笔墨，切合实际的地方实在不多。譬如《洗沐》一节，就是在花上喷水，这是很简单的一回事，甚么人都干得了的，而他老人家偏偏郑重其事，还指定甚么花要甚么人去给它洗浴，他这样的写着："浴之法，用泉甘而清者，细微浇注，如微雨解酲，清露润甲。不可以手触花，及指尖折剔，亦不可付之庸奴猥婢。浴梅宜隐士，浴海棠宜韵致客，浴牡丹、芍药宜靓妆妙女，浴榴宜艳色婢，浴木犀宜清慧儿，浴莲宜娇媚妾，浴菊宜好古而奇者，浴蜡梅宜清瘦僧。"试想喷一枝瓶子里的花，要这样的严于人选，岂不是太费事了么？又如《使令》一节："花之有使令，犹中宫之有嫔御，闺房之有妾媵也。夫山花草卉，妖艳实多，弄烟惹雨，亦是便嬛，恶可少哉？

梅花以迎春、瑞香、山茶为婢，海棠以蘋婆、林檎、丁香为婢，牡丹以玫瑰、蔷薇、木香为婢，芍药以莺粟、蜀葵为婢，石榴以紫薇、大红千叶木槿为婢，莲花以山矾、玉簪为婢，木犀以芙蓉为婢，菊以黄白山茶、秋海棠为婢，蜡梅以水仙为婢。"同是一枝花，偏要给它们分出谁主谁婢，实在是一种封建思想在作怪，不知道他是用甚么看法分出来的？那些被派为婢子的花，如果是有知觉的话，也许要对他提出抗议来吧？

中国古籍中关于插花的，似乎只有《瓶史》一种，自是难能可贵，其中如品第、器具、择水、宜称、好事诸节，自有见地，所以此书传到日本，日本人对于插花向有研究，就当作教科书读，甚至别创一派，名"宏道流"，表示推重之意。中郎品第花枝，十分严格，非名花不插，如牡丹必须黄楼子、绿蝴蝶、舞青猊；芍药必须冠群芳、御衣黄、宝妆成；梅花必须重叶绿萼、玉蝶、百叶缃梅。我以为插花不比盆栽，选择无妨从宽，一年四季，甚么花都可采用，或重其色，或重其香，或则有色有香，当然更好。不过器具却要选择得当，色彩也要互相衬托，对于枝叶的修剪，花朵的安排，必须特别注意，如果插得好，那么即使是闲花凡卉，也一样是足供欣赏的。

插花的器具，不一定单用铜瓷陶等瓶樽，就是安放水石的盘子或失了盖的紫砂旧茶壶等，也大可利用。我曾在一个乾隆白建窑的浅水盘中，放了一只铅质的花插，插上一枝半悬崖的朱砂红梅，旁置灵璧拳石一块，书带草一丛（用以掩蔽花插），自饶画意。又曾在一只陈曼生的旧砂壶中，插一枝黄菊花，花只三朵，姿态自然，再加上一小串猩红的枸杞子，作为陪衬，有一位老画师见了，就说："这分明是一幅活色生香的徐青藤的画啊！"

不依时节乱开花

　　今年的天气十分奇怪，春夏二季兀自多雨，人人盼望天晴，总是失望，晴了一二天，又下雨了；到了秋季，兀自天晴，差不多连晴了两个月，难得下一些小雨，园林里已觉苦旱，田中农作物恐怕也在渴望甘霖了。瞧来天公也在闹别扭，你要晴，它偏偏下雨，你要雨，它偏偏放晴，倒像故意跟人开玩笑似的。因了这天气的不正常，有些花木也一反常态，竟不依时节乱开花了。莲花本来在夏季开的，而过了农历六月二十四日所谓莲花生日，还是不见开花，直到牛女双星渡河之后，才陆陆续续地开起来。桂花总在中秋左右开的，而今年却宣告延期，直到重阳节边，才让人看到了垂垂金粟，闻到了拂拂浓香。菊有黄花，向来总在重阳节边，而今年也延迟了一月，期待着持蟹赏菊的朋友们，真有望穿秋水之感了。

最奇怪的，我园子里有一株盆栽的小梅树，忽在重阳前二天开了一朵花，开始时先见六片圆形绿叶组成的一个萼，中间拥一点红心，过了三天，红心渐渐放大，绿萼渐渐翻向后面，再过二天，红心更大了，现出花瓣的模样来，色彩很为鲜艳，有些像朱砂红。到了明天，五片花瓣完全开好，色彩也渐渐淡下去，足足开了两天，居然有色有香，旁枝上还有一个小小的花蕊，只因在爱莲堂中连供了七天，等不及开花就脱落了。本来古人诗中有"十月先开岭上梅"之句，这岭是指的大庾岭，地在南方，并且是种在山上的，当然是易于开花，而现在还在农历九月，又是盆栽的一株小梅树，竟抢先地开了花，而其余的几十盆却一动都不动，真是可怪了。

然而这种奇迹，古已有之，如清代康熙年间词人陈其年，曾见一株老梅树枯而复活，并且秋天就开了花，叠萼重台，生气勃勃，一时有瑞梅之称，其年赋《沁园春》一阕宠之："一种江梅，偏向君家，出奇无穷。(树在友人汤皆山家)看千年复活，乔柯蚴蟉，重台并蟹，冷蕊空濛。人云奇哉，梅曰未也，要为先生夺化工。休惊诧，请诸君安坐，洗眼秋风。　须臾露濯梧桐。忽逗出罗浮别样红。正朦胧一夜，银河影里，稀疏数点，玉笛声中。只恐东篱，有人斜睨，菊秀梅娇妒入宫。当筵上，倩渊明和靖，劝取和同。"词意很有风趣，而结尾因恐菊梅争宠，请陶渊明、林和靖劝它们和平共处，真是想入非非。不但如此，其年家中有杏树一株，也在暮秋开花，竟与春间一般娇艳，其年也咏之以词，调寄《解连环》云："碧秋澄澈。把江南染遍，是他黄叶。忽一朵半朵春红，也浅晕明妆，薄融酥颊。簌雨笼晴，笑依旧、茜裙微摺。只夜凉难禁，露重谁忺？謇语凄咽。　回思好春时节。正桃将露绶，兰渐成缬。楼上人醉花天，有画鼓银罂，宝马翠垺。事去慈恩，枉立尽、西风闲说。伴空濛、驿桥一帽，苇花战雪。"除此之外，又有八月闻莺、海棠重开的奇事，词人李分虎以《花犯》一阕记之："卷筼帘，金梭忽溜，青林已非昔。倚阑干立。讶老桂黄边，犹露春色。几丝带雨嫣红湿。莺穿亦爱惜。为载酒，向曾听处，相逢如旧识。　巡檐觑花太零星，翻疑狼藉后，东风留得。记前度，寻芳事、梦中游历。又谁料、数声似诉，重唤起、秋窗拈赋笔。便杜老、断无吟句，也应题醉墨。"

有一天，苏州市园林管理处汪星伯兄过访，看了我盆梅着花，便说今年怪事真多，拙政园中端阳节边开过的石榴花，忽在重阳节边又大开起来；而有的园子里，也秋行春令，竟开起樱花来了。不依时节乱开花，花也在作弄人啊！

闻木犀香

每年中秋节边，苏州市的大街小巷中，到处可闻木犀香，原来人家的庭园里，往往栽有木犀的。今年因春夏二季多雨，天气反常，所以木犀也迟开了一月，直到重阳节，才闻到木犀香啊。木犀是桂的俗称，因丛生于岩岭之间，故名岩桂。花有深黄色的，称金桂；淡黄色的，称银桂；深黄而泛作红色的，称丹桂。现在所见的，以金桂为多，银桂次之，丹桂很少。花有只开一季的，也有四季开的，称四季桂，月月开的，称月桂，可是一季开的着花最繁，并且先后可开二次，香也最浓。四季桂和月桂着花稀少，香也较淡，不过每到秋季，也一样是花繁香浓的。台州天竺所产桂，名天竺桂，是桂中异种，逐月开花，只在叶底枝头，点缀着寥寥数点。天竺的僧人们称之为月桂，好在花能结实，大小与式样，与莲子很相像，那就是所谓桂子了。

我于去冬得老桂一本，干粗如成人的臂膀，强劲有力，也是月月开花，并且是结实的，大概就是天竺桂。今秋着花累累，初作淡黄色，后泛深黄。我把密叶剪去，花朵齐露于外，如金粟万点，十分悦目。所难得的这老桂是个盆栽，栽在一只长方的白砂古盆里，高不满二尺，开花时陈列在爱莲堂中，一连三天，香满一堂。朋友们见了，都赞不绝口，这也可算是吾家盆栽中的一宝了。

记得二十年前，我曾从邓尉山下花农那里买到枯干的老桂三本，都是百余年物，分栽在三只紫砂大圆盆里。每逢中秋节边，看花闻香，悦目怡情，曾咏之以诗："小山丛桂林林立，移入古盆取次栽。铁骨金英枝碧玉，天香云外自飘来。"可惜在对日抗战时期，我避寇出走，三桂乏人照顾，已先后枯死。幸而最近得了这株天竺桂，虽然不是枯干，而姿态之古媚，却胜于三桂，我也可以自慰了。

向例桂花开放时，总在中秋前后，天气突然热起来，竟像夏季一样，苏人称之为"木犀蒸"，桂花一经蒸郁，就烂烂漫漫地盛开了。我觉得这"木犀蒸"三字很可入诗，因戏成一绝："中秋准拟换吴绫，偏是天时未可凭。踏月归来香汗湿，红闺无奈木犀蒸。"

江浙各处，老桂很多，杭州西湖上满觉垅一带，满坑满谷的都是老桂，花时满山都香，连栗树上所结的栗子，也带了桂花香味，所以满觉垅的桂花栗子，也是遐迩驰名的。听说，嘉兴有台桂，还是明代以前物，花枝一层层的成了台形，敷荫绝大，花开时香闻远近村落，诗人墨客，纷纷赋诗称颂，不知现仍无恙否？常熟兴福寺中有唐桂，一根分出好几株来，亭亭直立，去秋我曾冒雨往观，每株树身并不很粗，不过像碗口模样，据我看来，至多是明桂，倘说是唐代，那么原树定已枯死，这是几代以下的孙枝了。鲁迅先生绍兴故宅的院落中，有一株四季桂，据说饱阅风霜，已有二百余年之久，从

闻木犀香   81

主干上生出三株六枝来，像是三树合抱而成的一株大树，荫蔽了半个院落，先生童年时，常常坐在这桂树下听他母亲讲故事的。

我家园子里也有三株桂树，一大二小，都不过三四十年的树龄，今秋花虽开得较迟，而也不输于往年的繁盛。我因桂花也可窨茶，运往苏联和其他民主国家，可换机器，因此自己享受了一二天的鼻福，摘下了几枝作瓶供，就让邻人们勒下花朵来，以每斤六千元的代价，卖与虎丘茶花合作社了。（据说窨茶以银桂为佳，所以代价也比金桂高一倍。）苏州市的几个园林中，都有很多的桂树，而以怡园、留园为最，各在桂树丛中造了一座亭子，以资坐息欣赏。怡园的亭子里有"云外筑婆娑"一额。留园的亭子里有"闻木犀香"一额，我这一篇小文，就借以为名。写到这里，仿佛闻到一阵阵的木犀香，透纸背而出。

养金鱼

往时一般在名利场中打滚的人，整天的忙忙碌碌，无非是为名为利，差不多为了忙于争名夺利，把真性情也汩没了。大都市中，有的人以为嫖赌吃喝，可以寄托身心，然而这是糜烂生活的一环，虽可麻醉一时，未免取法乎下了。

现在新社会中，大家忙于工作，不再是为名为利，大都是为国为民。然而忙得过度，未免影响健康，总得忙里偷闲，想个调剂精神的方法，享受一些悠闲的情趣，我以为玩一些花鸟虫鱼，倒是怪有意思的。说起花鸟虫鱼，也正浩如烟海，要样样玩得神而明之，谈何容易。单以蓄养金鱼而论，此中就大有学问，决不是粗心浮气的人，所能得其奥秘的。

我在对日抗战以前，曾经死心塌地做过金鱼的恋人，到处搜求稀有的品种，精致的器皿，并精研蓄养与繁殖的法门，更在家园里用水泥建造了两方分成格子的图案式池子，以供新生的小鱼成长之用，可谓不惜工本了。当时所得南北佳种，不下二十余品，又为了原名太俗，因此借用词牌曲牌做它们的代名词，如朝天龙之"喜朝天"，水泡眼之"眼儿媚"，翻鳃之"珠帘卷"，堆肉之"玲珑玉"，珍珠之"一斛珠"，银蛋之"瑶台月"，红蛋之"小桃红"，红龙之"水龙吟"，紫龙之"紫玉箫"，乌龙之"乌夜啼"，青龙之"青玉案"，绒球之"抛球乐"，红头之"一萼红"，燕尾之"燕归梁"，五色小兰花之"多丽"，五色绒球之"五彩结同心"等，那时上海文庙公园的金鱼部和其他养金鱼的人们都纷纷采用，我也沾沾自喜，以为我道不孤。

古人以文会友，我却以鱼会友，因金鱼而结识了好多专家，内中有一位号称金鱼博士的吴吉人兄，尤其是我的高等顾问，我那陈列金鱼的专室"鱼乐国"中，常有他的踪迹。他助我搜罗了不少名种，又随时指示我养鱼的经验，使我寝馈于此，乐而忘倦。明代名士孙谦德氏作《朱砂鱼谱》，其小序中有云："余性冲淡，无他嗜好，独喜汲清泉，养朱砂鱼，时时观其出没之趣，每至会心处，竟日忘倦，惠施得庄周非鱼不知鱼之乐，岂知言哉！"我那时的旨趣，正与孙氏一般无二，虽只周旋于二十四缸金鱼之间，而也深得濠上之乐的。

不道八一三日寇进犯，苏州沦陷，我那二十四缸中的五百尾金鱼，全都做了他们的盘中餐，好多年的心血结晶，荡然无存，第二年回来一看，触目惊心，曾以一绝句志痛云："书剑飘零付劫灰，池鱼殃及亦堪哀！他年秫史传奇节，五百文鳞殉国来。"虽说以五百金鱼之死，比之殉国，未免夸大，然而它们都膏了北海道蛮子的馋吻，却是铁一般的事实。胜利以后，因名种搜罗不易，未能恢复旧观，而我也为了连遭国难家忧，百念灰冷，只因蜗居爱莲堂前的檐下挂着一块"养鱼种竹之庐"的旧额，不得不置备了五缸金鱼，略事点缀，可是佳种寥寥，无多可观，我也听其自生自灭，再也不像先前的热恋了。

再谈养金鱼

我在皖南避寇，足足有三个多月，天天苦念故乡，苦念故园，苦念故园中的花木。先还没有想到金鱼，有一天忽然想到了，就做了十首绝句：

吟诗喜押六鱼韵，鱼售常讹雁足书。苦念家园花木好，愧无一语到金鱼。

五百锦鳞多俊物，词牌移借作名标。翻鳃绝似珠帘卷，紫种宛然紫玉箫。

杨柳风中鱼诞子，终朝历碌换缸来。鱼人邪许担新水，玉虎牵丝汲井回。（母鱼生子时，因水味腥秽，必须常换新水。）

盆盎纷陈鱼乐国，琳琅四壁画金鱼。难忘菊绽花如海，抗礼分庭独让渠。（小园中陈列金鱼的一屋，名鱼乐国，四壁都张挂着名家所画的金鱼。每年秋季，苏州公园中举行鱼菊展览会，金鱼与菊花并列。）

五色文鱼多绝丽，云蒸霞蔚似丝缫。登场鲍老堪相拟，簇锦团花着绣袍。

珠鱼原是珠江种，遍体莹莹珠缀肤。妙绝珠帘朱日下，一泓碧水散珍珠。

珍鱼娇娇生幽燕，紫贝银鳞玉一团。媲美仙葩差不愧，嘉名肇锡紫罗兰。（北方有一种身有紫斑的金鱼，俗称紫兰花，我爱花中的紫罗兰，因以为名。）

沙缸廿四肩差立，碧藻绯鱼映日鲜。绝忆花晨临渌水，闲看鱼乐小游仙。

朝朝饲食常临视，为爱清漪剔绿苔。却喜文鳞俱识我，落花水面唼喋来。（缸边易生绿苔，积得厚了，必须剔去。）

铁蹄踏破纷华梦，车驾仓皇出古吴。未识城门失火后，可曾殃及到池鱼？

不料后来回到故园探望时，金鱼果然殃及，只索望缸兴叹。并且连我最爱的一个捷克制的玻璃金鱼缸也给毁了。这缸是作四方形的，下面有一个镂花的铜盘，两旁有两个瓜棱形的火黄色的玻璃管，当中可以通电放光，柱顶各立一个裸体女子，全身涂金，张开了两臂，相对作跳下水去的模样。我曾两次陈列在公园里的鱼菊展览会中，养着两尾五色的珍珠鱼，映着电光，分外的美丽，参观的群众，都啧啧赞美，至今我还忘不了它。

前人对于养金鱼的器具，原有很讲究的。像元代的燕帖木耳，在私邸中造一座水晶的亭子，四面以水晶作壁，珊瑚作栏杆，装了清水进去，养着许多五色鱼，再将绿藻红荷白蘋等作点缀，真的光怪陆离，美观极了。清代的宰相和珅，有一只琥珀雕成的书案，方广二尺，嵌以水晶，下面有一抽屉，也是水晶的，约高三寸，装了水养金鱼，配着碧绿的水藻，自觉尽态极妍。对日抗战以前，我曾在阔街头巷的网师园中，瞧见一只杨妃榻上的炕几，四周用紫檀精雕作边框，嵌着很厚的玻璃，四面和底层是瓷质的，画着无数的金鱼和绿藻，据说是乾隆时代的制作，也是作养金鱼之用的。前人对于玩好方面，真是穷奢极欲，现在可没有这一套了。

　　养金鱼的风气，宋代即已有之，苏老泉诗中曾有"朱鬣金鳞漫如染"之句，可作一证。不过他们大半是养在池塘里的。到了清代，就有把金鱼养在瓶里的了，如陈其年咏金鱼的《鱼游春水》一词中，有"浅贮空明翡翠瓶，小咙瀺潘桃花水。蹙锦裁斑，将霞漾绮"之句。又龚蘅圃有《过龙门》一词："脂粉旧香塘，影蘸丝杨。花纹不数紫鸳鸯。一种藻鳞金色嫩，三尾拖凉。蔽日有青房，翠网休张。池星密处惯迷藏。雨过满奁真个似，濯锦秋江。"这又是咏池塘中的金鱼了。我也有一阕《行香子》词，咏池中金鱼，词云："浅浅春池，藻绿鱼绯，看翩翩倩影参差。银鳞鳃展，朱鬣鳍歧。是瑶台月，珠帘卷，燕双飞（银蛋、翻腮、燕尾三种金鱼的别名）。碧盱流媚，彩衣轩举，衬清漪各逞娇姿。香温茶熟，晴日芳时。好听鱼喁，观鱼跃，逗鱼吹。"我的金鱼本来都是养在黄沙缸里的，只因春间生子太多，就分了一部分到梅丘下的荷花池中去，所以池中也做了金鱼的殖民地了。今春为了给各地来宾增加兴趣起见，特地在原有的五缸外，添了三缸，排成一朵带柄的梅花的式样，养了八种金鱼，中如五色的蛋种和五色的珍珠鱼，最为富丽。可惜今年多雨，红虫难觅，每天只吃些浮萍绿子，所以不能繁殖了。

再谈养金鱼

展览会

　　展览会为一种群众性的活动，无论是属于文学的、艺术的、历史文物的、科学技术的，都足以供欣赏而资观摩，达到见多识广的境界。解放以来，苏州市的各种展览会，风起云涌，连续不断，如太平天国起义一百周年纪念展览会、总路线展览会，以及最近的五年来成就展览会，吸引了千千万万的观众，好像给大家上了几次活生生的大课，教育意义是十分重大的。我前前后后也参加了不少展览会，大都是属于艺术和园艺方面的。

对日抗战以前，我经常参加苏州公园的莳花展览会、金鱼菊花展览会、梅花展览会等。抗战期间，我在上海又参加了几次国际性的中西莳花展览会，把我们中国的盆栽盆景与西方人的园艺相竞赛，居然压倒了他们，连得了三次总锦标杯。当时自以为我的园艺取得了国际间崇高的地位，得意忘形，先后做了八首绝句，其中二首，就是对外而言的：

奇葩烂漫出苏州，冠冕群芳第一流。合让黄花居首席，纷红骇绿尽低头。

占得鳌头一笑呵，吴宫花草自娥娥。要他海外虬髯客，刮目相看郭橐驼。

我以为对外而言，不妨自豪。胜利以后，回到苏州，又曾参加了一次莳花展览会，一次菊花展览会，记得有一盆《陶渊明赏菊东篱》，别出心裁，曾博得了不少好评。

解放后的一九五〇年，参加苏州市文物展览于青年会，特辟一室，布置了三个桌子，一桌是文玩小品，一桌是盆景盆栽，一桌是北瓜与蔬果，都是家园产品，揭橥曰"秋之收获"，请老友蒋吟秋兄用白粉写在一片柿叶上，红绿斑驳，很为别致。四壁张挂着明清两代周氏的书画，如周天球、周东邨、周之冕、周芷岩等，全是姓周的名家的手笔。

这一次的展览，引起了当地首长们的注意，从此我的紫兰小筑的小小园地，就经常的东西南北有人来了。以后拙政园开幕，苏南文管会又邀我去展览园艺作品，独占了"南轩"一室，又布置了三个桌子，除盆景盆栽北瓜蔬果外，加上了一桌子的水石盆供，借用毛主席的《沁园春》词名句，揭橥曰"江山如此多娇"，为之增光不少，中如仿宋代范宽的《长江万里图》一角，仿元代倪云林的《江岸望山图》《富春江严子陵钓台》等，计六七点，在我以前的展览品中，这总算是别开生面的。

怡园开幕，又在荷花厅的树根古几案上布置了盆景盆栽与瓶菊，秋菊有佳色，自能引人入胜。中有一件，以乾隆白瓷浅水盆，插棕榈叶五枝，单瓣红山茶一枝，配以拳石，别有意趣。有一位参观的朋友，在意见簿上写着："这一盆棕榈山茶美极了，可作和平的象征。"可惜这是插在水中的，只能维持三四天。

以后又如拙政园开幕周年纪念的菊花展览会，怡园的月季花展览会，也都有我的盆栽盆景和瓶供的菊花月季花等参加，因为我已好似药方中的甘草，凡是展览会，几乎都有我的份儿了。而最可纪念的，有一次为了欢迎朝鲜人民军和中国人民志愿军代表，在人民文化宫中举行了一个文物展览会，邀我把各种梅花的盆栽盆景拿去参加，布置了三个桌子两个花几，那位五十多岁的朝鲜代表见了大为叹赏，问长问短之后，都在手册上记了下去。一九五三年春节，苏州市文物保管委员会展览历代书画文物于人民文化宫，在大会堂的四壁挂满了书画，而主席台上由我布置了好多盆栽盆景与瓶供石供等，在毛主席造像前供着三大盆的松竹梅，吸住了好多观众。在我历次参加的展览会中，以这一次的位置居高临下，最为满意，抬头望去，极庄严华贵之致，甚至有几位爱好花木的解放军战士，竟找到我家里来了。最近的一次，就是一九五四年春节，民间艺术展览会举行于拙政园，搜罗了许多苏州市的民间艺术品，蔚为大观，那展览书画的部分，又邀我将梅花的盆栽盆景去点缀一下。中如故名画家顾鹤逸先生手植的那株绿萼老梅，由我培养了三年，着花很多，树形仿佛一头起舞的仙鹤，我给题上了"鹤舞"二字，观众啧啧称美。此外盆景如《孤山一角》《梅花林》等盆景，也是我煞费苦心的创作。这一个展览会举行了半个月，真有万人空巷的盛况。

准备工作

　　我一次次地参加各种展览会，虽获得了一次次的好评，享受了一时间的荣誉，然而也付出了心力上的相当的代价，不是轻易得来的。当我接受了邀请参加的时候，须得做多则一星期少则三四天的准备工作，先要动动脑筋，想定拿哪些东西去参加，于是从那几百盆的盆栽盆景中去挑选出来。初选之后，还要复选，将枝叶不茂精神稍差的重行换过。然后整理盆面，或加些新的细泥，或补些细的青苔，再带上一些细叶的杂草，一面做整姿的工作，枝叶要修剪的一一修剪，要删去的一一删去，要扎缚的就得用棕丝来扎缚。有的盆栽必须加上一块英石或一条石笋，盆景中一块不够，还须加三四块五六块，石的大小高低，必须选择得当，安放的位置必须避免对称和呆板，以合乎诗情画意为上乘。除此之外，再得安放一二个广东制作的小型人物，以及亭塔茅屋船只或鹤鹿牛马等等，大小远近又须和主体的树身作比例，太大太小都是不合条件的。这整个的盆栽盆景整理完毕之后，又须照盆子的类型，配上一个合适的座子，或是红木制的，或是紫檀制的，或是黄杨的树根制的，以壮观瞻。这些座子，又须上蜡拂拭，瞧上去才觉焕然一新。做完了这几种工作，又得动脑筋题上一个含有诗意的名字，再准备了各色虎皮笺或洒金笺等请名家书写，或正或草，或隶或篆，蒋吟秋、林伯希二位老友，是经常替我效劳的。

就是瓜果和瓶花，也一样的要做准备工作。每一个北瓜，必须看它的颜色，配上一个色调相称的盆子，或方或圆或长方或椭圆，不必固定，然后铺以石粉，如有余地，再用葫芦、灵芝或拳石作陪衬。瓶花除了用各种瓷瓶陶罐外，也可用瓷质或石质的水盘，色彩必须与花的颜色相和谐，花以三朵五朵为宜，避免双数，高低疏密必须注意，再配上绿叶一二枝，位置也须适当。水盘插花，日本人最为擅长，必须利用铅质或铜质的花插，使花枝固定不致动摇，然后用拳石或书带草等掩蔽，勿露痕迹。花枝多少不论，种类则不宜太多，二三种已足，更须注意到疏密与高低，万不可杂乱无章。这许多东西逐一准备妥贴之后，便在几案或橱架上先行陈列起来，看了盆子的高低大小，作适当的安放，总须费好一番手脚，方始决定。然后照样画了草图，以供会场上陈列时对照之用。看了这种种准备工作，就可知道我参加展览的煞费苦心了。

至于我的家里，更好似一年到头天天不断地在举行展览会，爱莲堂、紫罗兰盒、寒香阁、且住等四间屋以及一个曲尺形的廊下，一共陈列着几十盆大小不等的盆栽和盆景，再加以瓶花，经常地更换，以新眼界。每天傍晚，必须逐一移放到庭前去，好吸收一夜露水，使它们的精神饱满起来。倘在菊花和梅花时节，花正开得好好的，夜半如下大雨刮大风，我还得起床搬移，使花朵不受风雨摧残。每天黎明即起，第一个工作就是将这几十件盆供瓶供——搬回屋内和廊下，安放在原来的位置上。这一天两次的刻板工作，正如古时陶侃运甓一般，也足以活动肢体，不必再打太极拳、作广播体操了。为了我这一年不断的展览会，就弄得一年不断的门庭如市，北至哈尔滨、松江省，西至新疆、四川，南至广西、广东，东至福建、山东，中部如湖南、湖北和河南，都有贵宾光降，甚至朝鲜前线来的志愿军首长，也做了我的座上客，真使我受宠若惊咧。

一年无事为花忙

园中的花树果树，按时按节乖乖地开花结果，除了果树根上一年施肥一次外，并不需要多大的照顾。我的最大的包袱，却是那五六百盆大型、中型、小型、最小型的盆景盆栽，一年无事为花忙，倒也罢了，可是即使有事，也得分身为它忙着。春季忙于翻盆，夏季忙于浇水，秋季忙于修剪，冬季忙于埋藏，这是指其荦荦大者。至于施肥和其他零星工作，可没有一定，像我这样的花迷花痴，没有事也得找些事出来，天天总想创作一二个盆景，以供大众欣赏，那更忙得喘不过气来了。

至于上面所说的四季的工作，也不是固定的。譬如春季翻盆，秋季冬季也可翻盆，不过我却是在春季格外忙一些，因为有好几十盆大大小小的梅桩，在开过了花之后，必须一一剪去枝条，由瓷盆或紫砂细盆中翻入瓦盆培养，换上新泥，施以肥料，忙得不可开交。记得解放以前曾有过四首七绝咏其事：

不事公卿不辱身，翛然物外葆天真。长年甘作花奴隶，先为梅花忙一春。

或像螭蟠或虎蹲，陆离光怪古梅根。华堂经月尊彝供，返璞还真老瓦盆。

删却枝条随换土，瓦盆培养莫相轻。残英霭袖余香在，似有依依惜别情。

养花辛苦有谁知，雨雨风风要护持。但愿来春春意足，瑶花重见缀琼枝。

这四首诗，确是实录。此外还有别的许多盆树，倘见有不健康的模样，也须逐一翻盆，所以春季翻盆工作是够忙的了。浇水原不限于夏季，春秋以至冬季都须浇水，只因夏季赤日当空，盆土容易晒干，尤以浅盆为甚，甚至一天浇一次还嫌不够，要浇二次三次之多。试想浇五六百盆要汲多少水？要费多少手脚？所以夏季浇水，实在是主要的工作，而也是最繁重最累人的工作。若是春秋二季，阳光较弱，不一定天天要浇，冬季更为省力，只须挑盆面发白的浇一下好了。

修剪工作以春秋二季最为相宜，我却于暮秋叶落之际，忙于修剪，或则延至来春萌芽之前动手，亦无不可，但我生性急躁，总是当年就跃跃欲试了。到了冬季，花木大都入于睡眠状态，似乎不须再忙，但是第一要着，得赶快做保卫工作，以防寒流的突然袭来，抵抗力较弱的盆树，一经冰冻，就有致命的危险。

记得一九五二年初冬，有一天寒流忽如飞将军之从天而降，单单在一夜之间，田间菜蔬全都冻坏，我也没有防到初冬会这样的寒冷，所有盆树全未埋藏，以致损失了好几十盆。中如枯干的绣球，老本的丁香，都是只此一家，并无分出的，不幸都作了惨烈的牺牲。甚至抵抗力素称强大的枸杞、迎春、石榴等等，以及生长山野中从不畏寒的山枫老干，也有好多本被寒流杀死了。

我痛定思痛，至今还惋惜着这无可弥补的损失。所以去冬绸缪未雨，一过立冬，就忙着把较小的盆树尽先收藏到面南的小屋中去，然后将大型的盆树，连盆埋在地下，以免寒流袭来时措手不及。这一个赶做埋藏工作的时期，也是够忙的，并且我家缺少劳动力，中型、小型的盆树，我自己还可亲自动手移放，而大型的盆树有重至一二百斤的，那就非请人家帮忙不可了。可是我这一年四季的忙，也不是白忙的，忙里所得的报酬，是好花时餍馋眼，嘉果常快朵颐，并且博得了近悦远来的宾客们的赞誉。

花木之癖

　　我热爱花木，竟成了痼癖，人家数十年的鸦片烟癖，尚能戒除，而我这花木之癖，深入骨髓，始终戒除不掉。早年在上海居住时，往往在狭小的庭心放上一二十盆花，作眼皮供养。到得九一八日寇进犯沈阳以后，凑了二十余年卖文所得的余蓄，买宅苏州，有了一片四亩大的园地，空气阳光与露水都很充足，对于栽种花木很为合适，于是大张旗鼓地来搞园艺了。园地上原有多株挺大的花树、果树、长绿树、落叶树，如梅、杏、李、桃、柿、枣、樱花、樱桃、枇杷、玉兰、石榴、木犀、碧桃、紫荆、紫藤、红薇、白薇等，此外松、柏、杉、枫、槐、柳、女贞、白杨等，也应有尽有。而最可人意的，是在一株素心蜡梅老树之下，种有一丛丛紫罗兰，好像旧主人知道我生平偏爱此花，而预先安排好了似的。我之不惜以多年心血换来的钱，出了高价买下此园，也就是为的被这些紫罗兰把我吸引住了。

以后好几年，我惨淡经营地把这园子整理得小有可观，又买下了南邻的五分地，叠石为山，掘地为池。在山上造梅屋，在池前搭荷轩，山上山下种了不少梅树，池里缸里种了许多荷花，又栽了好多株松、柏、竹子、鸟不宿等常绿树作为陪衬。到了梅花时节，这一带红梅、绿梅、白梅、胭脂梅、朱砂梅、送春梅一齐开放，有色有香，朋友们称为小香雪海，称为吾园中的花事最高潮，这确是一年间最可观赏的季节，《牡丹亭》传奇中"良辰美景奈何天"之句，正可移咏于此啊。此外各处，我又添种了好多种原来所没有的树，如绣球、丁香、红豆、肉桂、辛夷、垂丝海棠、西府海棠和"洞庭红"橘子等，这样一来，一年四季，差不多不断地有花可看，有果可吃了。

劳者自歌

我从十九岁起，卖文为活，日日夜夜地忙忙碌碌，从事于撰述、翻译和编辑的工作。如此持续劳动了二十余年，透支了不少精力，而又受了国忧家恨的刺激，死别生离的苦痛，因此在解放以前愤世嫉俗，常做退隐之想，想找寻一个幽僻的地方，躲藏起来，过那隐士式的生活，陶渊明啊，林和靖啊，都是我理想中的模范人物。当时曾作过这么两首诗："廿年涉世如鹏举，铩羽中天便不飞。平子工愁无可解，养鱼种竹自忘机。""虞初三百难为继，半世浮名顷刻花。插脚软红徒泄泄，不如归去乐桑麻。"又曾集龚定公句云："阅历名场万态更，非将此骨媚公卿。萧萧黄叶空村畔，来听西斋夜雨声。"我的消极和郁闷的心情，于此可见。解放以后，我国家获得了新生，我个人也平添了活力。我这陶渊明式、林和靖式的现代隐士，突然走出了栗里，跑下了孤山，大踏步赶到十字街头，面向广大的群众了。

包天笑前辈远客香岛，常有信来诉说思乡之苦。最近的一封信中说是新得一梦，梦中给我题诗，有"好与江南传韵事，风流文采一周郎"句，我即回说："好与南中传一讯，周郎还是旧周郎。"因为今日年已花甲的我，矫健活泼，仍像旧日的我一模一样，曾有一位人民政府的高级干部，问明了我的年龄，他竟不相信，说我活像是一个四十多岁的人。为甚么我现在还不见老呢？实是得力于爱好劳动之故。二十年来，我从没有病倒过一天，连阿司匹灵也是与我无缘的。我的腰脚仍然很健，一口气可以走上北寺塔的最高层，一口气也可以跑上天平山的上白云，朋友们都说我生着一双飞毛腿，信不信由你！

我平生习于劳动，劳心劳力，都不以为苦，每天清晨四五点钟一觉醒来，先就在枕上想好了一天中应做的工作。盆景盆栽水石等共有好几百件，一部分必须朝晚陈列搬移，还有翻盆施肥灌溉修剪等事总是忙不过来。人家见我有那么多的东西，以为我定有一二助手，谁知我却是独立劳动。除非出去参加会议或学习，那就不得不请妻和老妈子代劳一下了。到了下雨天，似乎可以休息了，然而我也不肯休息，趁此做些盆景，往往冒着雨，掘了园地上各种小枫小竹子等做起来，淋湿了衣服，也没有觉察。做好以后，供之几案，既供自己把玩，也可以供群众欣赏。其他种种成果，一言难尽，真的是近悦远来，其门如市，他们都说于工作紧张之后，看了可以怡情悦性。又有一位国际友人说："我到了这里来，竟舍不得去了。"这些不虞之誉，就是我历年劳动的收获，劳动的酬报，快慰之余，因为之歌：

　　　　劳动劳动，听我歌颂。身强力壮，从无病痛。脚健手轻，自然受用。忧虑全消，愉快与共。个人如此，何况大众。工农携手，力量集中。创造般般，生产种种，国之所宝，人之所重。劳动劳动，听我歌颂。

姑苏城外寒山寺

"月落乌啼霜满天，江枫渔火对愁眠。姑苏城外寒山寺，夜半钟声到客船。"这是唐代诗人张继的一首《枫桥夜泊》诗，凭着这首诗在后世读者中的辗转传诵，就使枫桥和寒山寺享了大名，并垂不朽。

寒山寺在吴县西十里的枫桥旁，因此又称枫桥寺。起建于梁代天监年间，原名妙利普明塔院，宋代太平兴国初，节度使孙承祐又造了一座七层宝塔，嘉祐年中由宋帝赐号普明禅院，可是在唐代已称之为寒山寺，所以自唐至今，大家只知寒山寺了。元代末，寺与塔俱毁于火，明代洪武中重建。以后再毁再修，在嘉靖中，铸了一口大钟，并造了一座楼，把这钟挂在楼中，可是后来不知如何，竟不翼而飞，据说是被日本人盗去的，所以康有为《题寒山寺》诗，曾有"钟声已渡海云东，冷尽寒山古寺枫"之句。叶誉虎前辈也有一绝句咏此事："长廊曲阁塞榛菅，法物何年赵璧还？不分风期成钝置，寒山寺里觅寒山。"现在的那口钟，听说是日本人另铸了送回来的，但是好像是翻砂翻出来的东西，一些儿没有古意了。

寒山寺之所以得名，考之姚广孝《记》称："唐元和中，有寒山子者，冠桦布冠，著木履，被蓝缕衣，掣风掣颠，笑歌自若，来此缚茅以居。寻游天台寒岩，与拾得、丰干为友，终隐而去。希迁禅师于此建伽蓝，遂额曰寒山寺。"明清二代间，寺中一再失火，一再修复，可是那座塔却终于没有了。

清代诗人王渔洋，曾于顺治辛丑春坐船到苏州，停泊枫桥，那时夜已曛黑，风雨连天，王摄衣著屐，列炬登岸，径上寺门，题诗二绝云："日暮东塘正落潮，孤篷泊处雨潇潇。疏钟夜火寒山寺，记过吴枫第几桥。""枫叶萧萧水驿空，离居千里怅难同。十年旧约江南梦，独听寒山半夜钟。"题罢，掷笔而去，一时以为狂。

　　旧时诗人词客，都受了张继一诗的影响，每咏寒山寺，总得牵及那钟，如宋代孙觌《过寒山寺》云："白首重来一梦中，青山不改旧时容。乌啼月落桥边寺，欹枕遥闻半夜钟。"清代胡会恩《送春词》云："画屧苍苔陌上踪，一春心事怨吴侬。晓风欲倩游丝绾，愁杀寒山寺里钟。"词如宋琬《长相思·吴门夜泊》云："大江东，五湖东。地主今无皋伯通，谁人许赁春。　听来鸿。送归鸿。夜雨霏霏舴艋中，寒山寺里钟。"赵怀玉《蝶恋花·吴门纪别》云："才得清尊良夜共。醉不成欢，却被离愁中。多谢故人争踏冻，霜天也抵花潭送。　别语无多眠食重。隔个城儿，各做相思梦。篷背月窥衾独拥，寒山寺又钟催动。"可是寒山寺中，并没有张诗的真迹。旧有诗碑，是明代文徵明所写，因年久模糊，后由俞曲园重写勒石，至今尚存。

　　一九五四年十月，苏州市园林修整委员会鉴于寒山寺的日就颓废，鸠工重修，我也是参加设计的一员。动工三月余，面目一新，可惜原有的枫江楼没有修复，引为憾事！幸而后来将城内修仙巷宋氏捐献的一座花篮楼移建寺中，仍可登临远眺，差强人意。春节开放以来，游人络绎不绝，钟楼上钟声镗镗，也几乎终日不断了。

壮士千秋不死

"扬旗击鼓，斩蛟射虎，头颅碎黄麻天使。专诸匕首信豪雄，笑当日一人而已。　华表崔巍，松杉森肃，壮士千秋不死。从来忠义出屠沽，惭愧杀干儿义子。"这是清代宋荔裳咏五人墓的一阕《鹊桥仙》词。五人墓在苏州虎丘东的山塘上，墓基本是普惠生祠，是明代太监魏忠贤的干儿子毛一鹭所造，用以献媚忠贤的。词末所谓干儿义子就是指毛。当时士大夫因五人仗义捐躯，就捐

　　　　　花前琐记

金将五人敛葬于此，吴默题曰"五人之墓"，此碑至今尚在。五人五人，实于田横五百人同其壮烈！

关于五人仗义捐躯的事，是这样的：当时苏州有一位万历中的进士周顺昌，字景贤，历吏部文选司员外郎，请告归。同时太监魏忠贤乱政，国事大坏，故给事嘉善魏忠节公触犯了他，被捕过苏州，周置酒相迎，欢叙三天，并将季女许嫁其孙。忠贤知道了大为气愤，就嗾使御史倪文焕罗织其罪，派旗牌官来捕周，周怡然自若，不为所动。宣读诏书时，巡抚都御史毛一鹭、巡按御史徐吉等都在场。人民聚观的多至数千人，都说周吏部是冤枉的。诸生王节等直前诘责一鹭，说众怒难犯，何不暂缓宣召。旗牌官不耐，将刑具掷地威胁民众，大声呼喝，说这是魏公的命令，谁敢不从？犯人在哪里？周公囚服出候宣诏，束手就缚，民众泣不能仰。就中有一人名颜佩韦的，首先替周公呼冤，愿以身代；另有杨念如、沈扬二人，也上前仗义执言，不许旗牌官捕周，群众哭声震天；又有一人名马杰，破口大骂魏忠贤，声若洪钟，旗牌官老羞成怒，拔剑而前，问骂的是谁？割断他的舌子。民众顿时哗噪起来，旗牌官们不问皂白，先将武器扑击沈扬，旁有一人名周文元的，立即攘臂而起，夺取武器，却被击伤了头额。一时民众怒不可遏，各自折断了门栏门限，反击旗牌，旗牌们抱头鼠窜，有的升树逃到屋顶上去，有的躲在厕所里，终于有二人被击死了。事后一鹭等就上疏告民变，捕去了颜马沈杨周等五人，处以极刑，临刑时五人毫无惧色，痛骂忠贤不绝口，远近民众，都为他们伤心落泪，而五人之名却永垂不朽，真所谓壮士千秋不死了。

诗人们歌诵五人的作品，不一而足，如孔传铎云："直是歼凶阉，千秋气共伸。由来殉义客，何必读书人。胜国山河改，巍坟俎豆新。三良空惴惴，殊让尔精神。"张进云："意气偶然激，成名竟杀身。空山余落日，古木出青磷。地近要离墓，云连胥水滨。匹夫能就义，嗟尔附炎人！"朱弈恂云："花市东头侠骨香，断碑和雨立寒塘。屠沽能碧千年血，松桧犹飞六月霜。翠石夜通金虎气，荒丘晴贯斗牛芒。片帆落处搴清藻，几伴归鸦吊夕阳。"这些诗，都是义正词严，足为五人吐气的。

今年苏州市文物古迹保管委员会鉴于五人气节可嘉，而他们的墓却埋没在荒草里，芜秽不堪，因此已订出计划，决定整修一下，将来游客于畅游虎丘之后，大可到山塘上来一吊这五人之墓了。

京剧中有一出《五人义》，就是采取五人这段舍生取义的故事编成的，可是久未上演，似乎变了一出冷门剧咧。

记义士梅

　　我记了明代为反对魏忠贤的暴政而壮烈牺牲的颜马沈杨周五位义士，就不由得使我想起当年十分宝爱的那株义士梅来。因为这株梅花是长在五人墓畔的，所以特地给它上了个尊号，称之为义士梅。我和义士梅的一段因缘，前后达十年之久，是不可以无记。

　　我于九一八那年举家从上海迁到故乡苏州以后，从事园艺，就搜罗了不少盆栽，作为点缀；又因自己与林和靖有同癖，对于盆梅更为爱好，每有所见，非设法买回来不可。有一天见护龙街（即今之人民路）的自在庐骨董铺中，陈列着好几盆老梅，内中有一株，铁干虬枝，更见苍古，似是百年以外物，那时正开着一朵朵单瓣的白梅花，很饶画意。我一见倾心，亟欲据为己有。谁知一问代价，竟在百金以上，心想平日卖文为活，哪有闲钱买这不急之物，只得知难而退。后来结识了主人赵君培德，相见恨晚，常去观赏骨董，说古论今。有一次偶然谈及那株老梅，据说是从山塘五人墓畔得来的，培养已好几年了，好似义士们的英魂凭依其上，老而弥健。他见我对于这老梅关注有加，愿意割爱相赠，我因赵君和我一样的有和靖之癖，不愿夺人所好，因此婉言辞谢。过了两年，赵君因病去世，而老梅却矫健如常，由一位花丁周耕受培养着，每逢梅花时节，我还是要去观赏一下。不料八一三日寇陷苏，周的园圃遭劫，他也郁郁而死。这老梅辗转落入上海花贩陈某之手，那年年终，和其他盆梅陈列在南京路慈淑大楼之下，将待善价而沽。我得了消息，忙去问价，竟要索一百二十金，这时我恰好给人做了一篇寿序，得润笔百金，就加上了二十金，把它买了回来。十年心赏之物，终归我有，有如藏娇金屋，欢喜无量，因赋绝句十首以宠之："铁干虬枝绣古苔，群芳谱里百花魁。托根曾在五人墓，尊号应封义士梅。""嵌空刻骨老弥坚，花寿绵绵不计年。却笑孤山无此本，鲰生差可傲逋仙。""幸有廉泉润砚田，笔耕墨耨小丰年。梅花元比黄金好，那惜长门卖赋钱。""十载倾心终属我，良缘未乖慰平生。何当痛饮千钟酒，醉傍梅根卧月明。""玉洁冰清绝点埃，风饕雪虐冒寒开。年年历尽尘尘劫，傲骨嶙峋是此梅。""晴日和风春意足，南枝花发自纷纷。闺人元识花光好，佯说枝头满白云。""丛丛香雪白皑皑，照夜还疑玉一堆。骨相高寒常近月，缟衣仙子在瑶台。""傲雪傲霜节自坚，花开总在百花先。珊珊玉骨凌波子，离合神光照大千。""无风无雪一冬晴，冷蕊疏枝入眼明。丽日烘花花骨暖，海红帘角暗香生。""萍飘蓬泊在天涯，春到江南总忆家。梅屋来年容小隐，何妨化鹤守寒花。"读了这十首诗，便可想见我的踌躇满志了。

义士梅归我三年，年年春初开满了花，足餍馋眼。我也往往于花时举行茶会，招邀画友诗友同来欣赏。他们于赞叹之下，或为写生，或加品题，更使此梅生色。写生的有郑午昌、许徵白、王师子、马公愚诸画师。题诗的也不少，如叶誉虎前辈二绝云："气得江山助，心还铁石同。堪嗟桃与李，开落任春风。""托根五人墓上，传芳香雪园边。美人丰度翩若，义士须眉俨然。"还有古风律诗多首，不能毕录。可惜第四年上，它不知怎的竟在寄存的黄园中死去了，我如失至宝，哭之以文。抗战胜利后重返苏州故园时，好似千金市骏骨一般，把它的枯干带了回来，至今还宝藏着。

为唐伯虎诉冤

　　记得一九五三年春节，苏州市文物保管委员会在人民文化宫举行文物书画展览，苏南文物保管委员会也在拙政园举行文物书画展览，张挂着许多古今书画，满目琳琅，参观的人接踵而至。我戏问几位朋友：中国古今来第一大画家是谁？他们都瞠目不知所答。我接口道："是唐伯虎！"他们忙问怎见得？我带笑说道："你们不见那许多参观的人，不论男女老少，一踏进门，不是都

124　　　　　　　　　花前琐记

在问唐伯虎的画在哪里么？两面展览会中的情形，竟是一模一样。唐伯虎要不是中国第一大画家，大家为甚么都要看他的画？"说得他们都笑了起来。

唐伯虎的画原很不差，而其所以能享大名，弄得尽人尽皆知，实在由于弹词中的那部《三笑因缘》，传播太广之故。凡是听过"三笑"的，就人人都知道这位为了秋香而卖身投靠的风流才子唐伯虎了。其实唐为人并不佻侂，所谓追求秋香、卖身投靠、九美团圆等，完全是子虚乌有的事，所以我要为唐伯虎诉冤了。

关于追求秋香的事，据《古夫于亭杂录》所记，是吉道人而并非唐伯虎。吉的父亲是御史，因事获罪被放。传说吉在洞庭遇一异人，得道术，能役使鬼神。有一天游虎丘，他因长兄之丧，身穿麻衣，而内着紫绫裤。那时上海某大家眷属也在游虎丘，有小婢秋香，见吉所穿衣裤不伦不类，不由得嫣然一笑。吉以为她有情于己，就变装改姓名，投身其家充小使，后来竟得秋香为妻，一同出走。某大家使人探寻，才知中了吉道人的计，但因木已成舟，就送了妆奁，成全他们。不知怎的，后人竟把这回事附会到唐伯虎身上去？秋香的主人也并不是甚么无锡华太师，而吉道人却是姓华，因此又附会到华的身上。华名鸿山，官至学士，并无太师官衔，并且是唐伯虎的后辈，年龄相差十五岁，就是那一对呆头呆脑的难兄难弟，也完全是弹词家捏造出来的。连正人君子祝枝山，也被形容作洞里赤练蛇！

　　因《三笑因缘》而误解唐伯虎的，不但是听这弹词的广大听众，连通人如清代著名的文学家吴縠人，也会误解，他有一阕《桂子香》词，题唐的《美人拈花图》，竟说图中的美人，就是《三笑因缘》中的秋香，词云："秋回一剪，只脉脉无言，折枝低捻。金粟前身约略，破禅香溅。风前记起灵山笑，证三生眼波重展。泥金衫袖，渗金窗户，斜阳人面。　料只是情天眷恋。肯才人名字，押上红券。游戏光阴尽毂，风花磨炼。初三下九频频约，怕梨涡晕来难浅。几时圆合，兰因絮果，画图相见。"这词中竟咏及秋香名字，咏及三笑留情，咏及卖身投靠，咏及两相爱好，真是活见鬼了。六如在天之灵，应该夺去他的那枝生花彩笔，以示惩戒。

江南第一风流才子

看了"江南第一风流才子"这个头衔，以为此人一定是个拈花惹草沉湎女色的家伙了，其实诗酒风流也是风流，不一定是属于女色方面的。江南第一风流才子是谁？就是明代大画家大文学家唐寅唐伯虎。伯虎一字子畏，吴县人，自小聪明，才气奔放，与同里狂生张灵纵酒游乐。后经好友祝枝山规劝，就闭门读书，举弘治十一年乡试第一，不幸因会试被人所累，被捕下狱，谪为吏。寅以为耻，辞而不就，远游祝融、匡庐、天台、武夷诸山，观海于东南，浮洞庭、彭蠡，游倦归来，刻了一方圆章，自号"江南第一风流才子"，作《伥伥词》以发牢骚。宁王宸濠慕其名，厚币相聘，寅见他心怀叵测，有阴谋作乱之意，就佯狂使酒，丑态百出，宸濠受不了，只得放他回去。他于应世诗文并不在意，说后世知我不在此，因寄情于丹青，下笔直追唐宋，山水人物花卉无不工。晚年筑室桃花坞，天天与来客轰饮，客去不问，醉便酣睡。平日皈依佛法，自号六如，曾作自赞云："我问你是谁？你原来是我。我本不认你，你却要认我。噫！我却少不得你，你却少得我。你我百年后，有你没了我。"这一首赞，也是很有禅意的。嘉靖癸未十二月二日去世，年五十四。原配徐氏，因故离异。继娶沈氏，生一女，无子。死后卜葬横塘王家邨。清代诗人方引谐有《吊唐六如墓》一绝云："先生胸次海天宽，只爱桃花不爱官。荒土一抔魂魄在，满溪红雨落春寒。"现在墓已年久失修，苏州市文物古迹保管委员会因唐有关苏州文献，不久将鸠工整修，将来这三尺断坟，不致永远埋没在荒草中了。

唐寅的画传世很多，而赝品也不少。我曾见过他的《东方朔》《墨梅》《蕉石图》三幅，都是真迹，并曾用小芭蕉二株、小顽石二块，仿《蕉石图》制作了一个盆景，见者都说有虎贲中郎之似。最近江苏省博物馆筹备处得其所作《李端端落籍图》一幅，为梅景书屋吴氏旧藏，也是精品，图中一男四女，身份不同，服饰也不同，可以看到唐代的服制和装饰，这是很够味儿的。寅于诗文词曲都有一手，却随意著笔，并不求工。与花有关的，有《花月吟效连珠体》十一首、《和沈石田落花诗》三十首，我却爱他一首《妒花歌》："昨夜海棠初着雨，数朵轻盈娇欲语。佳人晓起出兰房，折来对镜比红妆。问郎花好奴颜好？郎道不如花窈窕。佳人闻语发娇嗔，不信死花胜活人！将花揉碎掷郎前，请郎今夜伴花眠。"不假雕琢，自饶风趣，并且情景如画，倒也可以画一幅佳人妒花图的。

一盏清泉养水仙

去冬大寒，气温曾降至摄氏零下十度。今年立春后，寒流袭来，又两度下雪，花事因之延迟，不但梅花含蕊未放，连水仙也挨到最近才陆续开放起来。我于除夕向花店中买了崇明水仙三十头，每逢晴日，放在阳光下曝晒，入夜移入室内避寒，这样忙了好多天，才开放了三分之一，真的望眼欲穿了。

水仙最宜盆养，盆有陶质的、瓷质的、石质的、砖质的、或圆形，或方形，或椭圆形，或长方形，或不等边形。我却偏爱不等边形的石盆砖盆，以为最是古雅，恰与高洁冷艳的水仙相称。我年来置办的水仙盆虽多，却独爱一只四角而不等边形的白石盆，正面刻有"凌波微步"四字，把水仙十一头排列其中，伴以雨花台各色大小石子，自觉妍静可爱，足供欣赏。

砖盆必须将晋砖汉砖凿成的，方见古朴。安吉吴昌硕老画师以砖砚供水仙，别开生面，他宠之以诗，系以序云："缶庐藏汉魏古甓数事，琢砚供书画，苦寒水冻，笔胶不能下，儿童戏供水仙于其上，天然画稿也。拥炉写图，题小诗补空：'缶庐长物惟砖砚，古隶分明宜子孙。卖字年来生计拙，商量改作水仙盆。'"这首诗也是很有风趣的。

瓷有哥窑、汝窑、钧窑等种种，作水仙盆自是不恶，清代词人陈其年以哥窑瓶供水仙，咏以《蝶恋花》云："小小哥窑凉似雪。插一瓶烟，不辨花和叶。碧晕檀痕姿态别，东风悄把琼酥捻。　滟潋空濛天水接。千顷烟波，罗袜行来怯。昨夜洞庭初上月，含情独对姮娥说。"他不用盆而用瓶，那一定是除去球根，剪了花和叶作供了。

记得十一年前，先慈在沪去世，时在农历十一月间，五七时，我买了三头崇明水仙，养在一只宣德紫瓷的椭圆盆中，伴以英石，颇饶画意。因先慈生前很爱水仙，而那时花也恰好开了，我就把它供在灵几之上，记以诗云："踽踽淞滨忽七年，俗尘万斛滓心田。出山泉水终嫌浊，那有清泉养水仙。""翠带玉盘盛古盎，凌波仙子自娟妍。移将阿母灵前供，要把清芬送九泉。"可是这不过是我的一片痴心，九泉之下的老母，再也闻不到水仙花香了。

唐玄宗以红水仙十二盆赐与虢国夫人，盆都用金玉七宝制成，华贵非常。夫人每夜采花一柱，将裙襦覆盖其上，第二天穿上了进见玄宗，玄宗称之为肉身水仙。以金玉七宝制水仙盆，已觉其俗，再加上了甚么肉身水仙，真是俗之又俗了。唐代有红水仙，闻所未闻，大约那花实在是火黄色的，以致误传为红色吧？

市上花店中有所谓洋水仙的，叶片攒簇，花从中央挺生，一朵朵如倒挂的钩子，作盆供风致较差，有红白紫诸色，香较浓郁。故梁溪词人王西神偏爱此种，一一锡以佳名，紫的称紫云囊，红的称红砂钵，白色而微绿的称绿萼仙。此外有乔种的，又加以鸳鸯锦、西施舌、翠镶玉诸称，我以为这洋水仙比了国产水仙，总有雅俗之分。

问梅花消息

"月之某日，偕同人问梅于我南邻紫兰小筑，时正红萼含馨，碧簪初绽。"这是杨千里前辈在我《嘉宾题名录》上所写的几句话。他们一行九人，是专诚来问梅花消息的。今春因春寒甚厉，加以有了一个闰三月，节令延迟，所以梅花迟迟未放。我天天望着园子里二十多株梅树和四十多盆梅桩，焦急不耐，而梅蕊为春寒所勒，老是不肯开放，真如清代尤展成《清平乐·咏梅蕊》一词所谓："烟姿玉骨，淡淡东风色。勾引春光一半出，犹带几分羞涩。　陇头倚雪眠霜。寒肌密抱疏香。待得罗浮梦破，美人打点新妆。"在它们犹带几分羞涩，而我却望穿秋水了。

今年立春以后，又连下了两次春雪，雪又相当大，因此梅花也受了影响，欲开又止。宋代范成大有《梅为雪所禁》一诗云："冻蕊黏枝瘦欲干，新年犹未有春看。雪花只欲欺红紫，不道梅花也怕寒。"我也以梅花怕寒为虑，真欲向东皇请命，快把温暖的春风来嘘拂它们啊。

这一个月来，每逢亲友，总是向我问梅花消息，倒像唐代王摩诘的那首诗："君自故乡来，应知故乡事。来日绮窗前，寒梅著花未。"我对于这样的问讯，答不胜答，只得以尚有十天半月来安慰他们。直到农历二月初，才见爱莲堂和紫罗兰盦中陈列着的十多盆大小梅桩，陆续开放起来。我忙向亲友们报了喜讯，于是临门如市，都来看"美人打点新妆"了。

梅花不肯早放，确是一件憾事！古时有所谓羯鼓催花的，恨不得也催它们一催呢。宋代诗人对于梅花晚开的遗憾，也有形之吟咏的，如朱熹《探梅得句》云："迎霜破雪是寒梅，何事今年独晚开？应为花神无意管，故烦我辈着诗催。繁英未怕随清角，疏影谁怜蘸绿杯。珍重南邻诸酒伴，又寻江路探香来。"又尤袤《入春半月未有梅花》云："枯树扶疏水满池，攀翻未见玉团枝。应羞无雪教谁伴，未肯先春独探支。几度杖藜贪看早，一年芳信恨开迟。留连东阁空愁绝，只误何郎作好诗。"

　　我园梅丘、梅屋一带，因坐南面北，梅花开得更迟，除红梅渐有开放外，白梅、绿萼梅还是含苞，而有几位种花的朋友，却赶来看这含苞的梅花，说开足了反没有意思。这倒与清代诗人宋琬所见略同，他曾有小简《约友看梅》云："永兴寺老梅，花中之鲁灵光也，仆亟欲一往，而门下以花信尚早为辞。不知花之佳处，正在含苞蓄蕊，辛稼轩所谓'十三女儿学绣时'也。及至离披烂漫，则风韵都减。故虽怪风疾雨，亦当携卧具以行，仆已借得葛生蹇驴，期门下于西溪桥下矣。"此君的话自有见地，尤以浅红梅含苞为美，一开足反而减色了。

附 录

盆栽的管理方法

灌水的方法

盆树栽在狭小的盆中，土质有限。又放在日晒风通的地方，盆土中的水分极易蒸发。若土中混有多量的砂粒，排水很方便。有这三种原因，所以盆土很容易干燥。尤其是在夏冬两季的干燥期，更是缺乏水分。在这种情况之下，应该灌水以补水分的不足，解除盆树的干渴。但是在梅雨期和秋季的降雨期中，连雨多日，以致盆中过于潮湿，这时当然没有灌水的必要了。

水分过多，徒长枝叶，如湿气不去，盆树的根部就渐渐腐烂，以致死亡。但水分不足，易伤盆树，如缺水过久，植物的细胞便失去生活力，虽再灌注多量的水，已经不及，终于不免死亡。

盆栽培养要诀之一，就是一年四季中勿断水分，尤其是冬夏两季的灌水，更要特别注意。

（一）灌水的种类和方法

（甲）通常的灌水。用喷水壶直接把水灌注到盆中，这就是通常的灌水，是每日必须施行的重要工作。从初夏至秋初，每逢天晴的日子，每日灌水二次，一次在晨九十点钟，一次在下午四五点钟。秋季和早春，每日在中午灌水一次。冬季约三日一次，冬季傍晚时不宜灌水。

水质。不论雨水、井水和自来水，都可以用，但不宜用盐质之水。为了去除它的刺激性，调节温度，应该把水积储在缸里，经过一日以上才灌注，比较妥当。若不积储而直接灌注，对于根部，不大相宜。

一切的盆栽都有它不同的水分需要量。总之，把水灌满盆口，到将要溢出时为止。水不灌则已，灌则灌满，这是灌水的要诀。但爱好叶上喷水和不喜盆土潮湿的盆树，可用细孔喷水壶，自叶上喷注而下，直到水滴湿润盆土为度。

（乙）叶上喷水。用喷水壶或喷雾器喷水在盆树的枝叶上，简称叶水。原生在高山上的盆树，多爱云雾的湿气，所以叶水的浇喷，实在是不可缺少的。如真柏、黑松、五叶松和其他针叶树类，极喜叶水，故自春至初秋，常喷叶水，它们的生长一定很好。如杉、杜鹃、石南、柽柳和其他原生在高地的花木，也是喜爱叶水。但是有一种花木，若喷叶水，反而使枝叶徒长，以致影响树形的美观，生长也渐行不良。像石榴、紫薇、梅（着花时）、木桃、海棠、梨、无花果等，都不宜喷叶水。

从山野掘得的花木，尤其像真柏、五叶松、黑松、石南等，栽在粗盆中，或秧在地上，必须常常喷水。但是叶水喷得太多，反而不能存活，因此喷水也有一定的限度。

（二）灌水和施肥的关系

大多数的盆栽，通常自发芽后，经过开花而入夏天，在这期间，常施肥料。像石榴、梅、杜鹃等，时常施用豆饼、菜饼的稀薄液，来代替灌水。多施肥料，也应多灌水，否则，肥多而水少，肥料发酵使根受伤，易致枯萎。

在伏天后，可将豆饼、菜饼的粉屑，放在盆土的表面，每盆约置二三处，在灌水的时候，粉屑溶解一部分，这样肥分自能渗入土中，可供根部的吸收。这种方法，最为方便，还能减除臭气，很合都市中应用，不过肥料的效力来得比较迟缓罢了。

（三）灌水的设备

培养盆栽，灌水是一件重要工作，所以灌水的设备，不可不考究。大型的空缸，用来积水，用我国古式水缸比较雅致。缸上引了水管，水便从管中徐徐涌出，灌时比较方便。若在放盆栽地方的四角上，各置一水缸，更是便利。喷水壶宜备大、中、小三种，莲蓬头的水孔要常保清洁，务使水能从各孔中喷出，不致有不均弊病。

（四）冬季的灌水

夏天勤于灌水，而冬季往往疏忽，这是培养盆栽者常有的缺点。天气寒冷时，将珍爱的盆栽搬进室中保护，而把普通的盆栽放在屋外，不去灌水，盆栽每致枯死，这是极常见的事。如石榴、柽柳、柳、紫薇、栗、落叶松等，在冬天也需要水分，否则，极易干死。所以为防止冬枯起见，将盆栽移向朝南暖地，把盆埋在土中过冬，这样就是少给水分，也不要紧，因为土中存有湿气，可滋润盆土，这样就可以避免因干燥而冬枯的事。

（五）干湿要适度

树木在发芽和开花的时候，需要水分最多，而在果实的成熟期和冬季的休眠期，需水不多，于是产生了一种使它多开花多结实的人工方法，就是在树木的生长期间，把盆土和空气的干湿程度加以调节，不要太干太湿，常保均匀，便能达到目的。

冬季落叶的树木，生长似乎停顿了，可是它的生活并没有停止，根部仍在生长，不过迟缓一些，所以冬天也不可缺少水分。

仙人掌类不宜多灌水，但是它来自热带地方，在七八月间的雨期，霪雨连绵，仍适合它的生长。由此可知仙人掌在夏季，可给多量的水和肥料，而在其他三季，盆土须常带干燥。

有人以为盆梅在夏天下午一点钟的时候，不可灌水，使土干燥，可增多花芽。事实上却不是如此，若行通常的灌水，也可增多花芽。总之，花木因季节和种类的不同，施肥和灌水的数量和方法也有差别，必须研究各种树木的特点，而行适当的灌水。

肥料的施用

树木的肥料，种类繁多，不过盆栽用的肥料，以豆饼和菜饼为主体，通常有下列的几种肥料：

（一）豆饼和菜饼

（甲）液肥。液肥是豆饼和菜饼经过充分腐化后的水液，一切盆栽都可应用。制法是将有盖的缸瓮，放在避雨的阴处，把豆饼或菜饼粉末和二倍的水，放在缸中，充分拌和，加盖密闭，夏季约经十日，冬季需二十日后，取用上面澄清的水液，再加五六倍的清水，然后施入泥土干燥的盆中，作为施肥之用。等到上面的清液用完后，可再加水，如是可用三次。但缸底的渣滓不宜使用，可以埋壅在庭园树木的根旁。将充分腐化的清液，施入盆中，须先加水稀释，不宜过浓。

（乙）干肥。将豆饼或菜饼粉末放在盆土的表面，宜在伏天后至秋初间施行，而液肥在春季至初伏间使用。又可将少量豆饼或菜饼的粉末和土调和，等到换盆时用。

粉末放在盆土上，常有湿气，约经一星期便开始发酵，每次灌水时，就自然分解，养分随水渗入土中，便发生了功效。若粉末的肥效已完全消失，应取出渣滓，另换新鲜的豆饼或菜饼的粉末，不宜将渣滓遗留盆土中。

（丙）埋肥。当盆树在换盆的时候，在盆底根部的旁边，埋置豆饼或菜饼的粉末，这也是一种施肥的方法。但是配合的培养土中，早已混有豆饼或菜饼的粉末，似可不必。若土中尚未混合豆饼或菜饼的粉末时，可用此法来补给。

（二）米泔汁

淘米后的米泔汁，也是一种很好的肥料。将米泔汁贮藏在缸里，随时取用，也有腐败后施用的。对于地竺、金柑、枸橘、牵牛花等更有效力。但盆栽通常多不使用，不过柑橘类的盆栽和其他盆植随时可以应用。

（三）贝肥

用田螺、蛤蜊、河蚌等的贝壳二升打碎，加水一斗，煎煮一二小时，等到水剩八升时，才停止煎煮，冷却，三四天后就可施用。施用时，不宜太浓。对于松类有特效。

（四）鱼肥

（甲）鱼汁。洗鲜鱼的汁液，藏在器中腐败，施给柑橘类盆栽，大有效力，但藤蔓的盆栽，不宜施用。鱼肥常有极浓的臭气，在都市中很不适宜。

（乙）干肥。盆栽常用鱼粕作肥料，因它富有磷质。将鱼粕埋入盆土中，毫不露出，用完后，再埋入，渣滓也不必取出，任它腐败。又有一法，当换盆时，在盆底或根的两旁埋入鱼粕，效果也很显著。

（五）骨血粉和过磷酸石灰

蒸制的骨粉和血粉，也是很好的肥料，果实的盆树都宜施用，但常因施用量过多，每多失败。所以在调制血粉的液肥时，投入一把过磷酸石灰，已很足够。这类肥料，施用量不宜过多，否则反有肥害。

（六）酒糟

藤蔓类、松类和葡萄的盆栽，可常用酒糟。制法可将酒糟和米糠充分拌和，使它腐烂，然后捏成小块，埋在土中，或溶解在稀薄的人粪尿中，随时施用。

（七）人粪尿

浓厚的人粪尿加入等量的水，经腐败后（夏季约十日，冬季约二十日），再加数倍或二三十倍的水，加以稀释后施用，作为追肥。人粪尿的效力比豆饼、菜饼来得迅速，价格也较便宜。

（八）其他肥料

豆饼、菜饼是盆栽主要的肥料，鱼肥和人粪尿等也常可施用。此外农用的肥料或过磷酸石灰、肥田粉等化学肥料，性强质浓，盆栽都不合用，应该以迟效淡性的植物性肥料为主，再以动物性肥料为辅。所谓动物性肥料，如鸡粪、马粪、鱼肠、猪粪、牛粪等。其中以鱼肠肥加水半升而烂成的汁液，对于松类有特殊的效力，牛粪对于竹类有效，而茶叶的渣滓含有丹宁质，对于天竹极为相宜。

病虫害的驱除

培养盆栽最感困难的，就是病虫害。盆树在狭小的盆中受到人工的抑制，发育已很不自然，所以一有病虫害，便形衰弱，终至枯死。因此在发生病虫害的初期，就应当充分注意，及早驱除。

（一）盆栽的虫害

盆栽害虫的种类极多，兹举几种常见害虫的驱除方法如下：

（甲）蚜虫。盆栽最容易被蚜虫寄生。当蚜虫发生的初期，把稀释三十倍的硫酸烟精液，用毛笔涂在寄生的地方，但不及用雾器喷洒有效。

（乙）蚂蚁。蚂蚁不但引诱蚜虫的为害，并且加害于幼芽，在盆里作窠，伤害细根，为害不浅，驱除的方法有下列四种：

［子］普通驱除法，寻获蚂蚁窠，注入刚煮沸的盐汤或在纸上涂蜜糖，引诱蚂蚁来吃，等到聚集最多时，用

沸水杀死。这个方法须分好多次施行，才能使蚂蚁绝迹。

　　〔丑〕盆架脚的下面，置有水盘，可防蚂蚁爬上去。

　　〔寅〕盆土中只有少数蚂蚁的时候，可把盆浸入水中二三日，蚂蚁因不能呼吸而溺死或逃去。若还不能驱除，把氰酸钾（极毒的化学品）一片放在盆土的蚁窠中，可以把蚂蚁全部杀死。但氰酸钾极毒，应用时须特别注意。

　　〔卯〕若盆中蚁窠极多，那就非换盆不可，否则盆树必至枯死。

　　（丙）袋虫。俗称皮虫，外有坚韧的皮壳包裹着，所以用药剂来杀除，极难奏效。唯有随时注意，若发现一二，立即捕杀，手续似乎很麻烦，但效力比药剂来得显著。

　　（丁）毛虫和青虫。蝶蛾飞来，产卵在叶的表里，或干的周围、芽的附近，也有产在根际附近土中的。因此一见虫卵，应当立即搓死。虫卵所孵化的幼虫，大多聚集在一起，趁它还没有四散的时候，及早捕杀，才能事半而功倍。成长的幼虫都从庭树等处移带过来，加害盆栽的芽叶等，故发现后，应立即扑杀。若是到了聚集起来捕不胜捕的时候，可喷洒除虫菊肥皂液（除虫菊粉、肥皂各一两至二两，水一升制成），或撒布除虫菊木灰（除虫菊粉一两和木灰十五两混合密闭一昼夜），都有功效。

普通的肥皂水（肥皂二两削成薄片，放在一升热水中溶解而成）或火油（用水稀释）虽能杀死青虫、毛虫，但也损伤盆树，故不宜使用。

（戊）蛀心虫。蛀心虫有好多种，有天牛的幼虫，有粉蛾的幼虫和其他昆虫的幼虫。当蛀心虫蛀入盆树的干中时，树液的流动发生阻碍，遂至枯凋。若是庭树，可剪除被害的部分。但是一枝一叶有关美观的盆树，当然不能应用此法。如樱花、柳、梅、枣、桑、无花果、栗、蔷薇、葡萄、林檎等，最易被害。驱除蛀心虫至今还没有良好的方法，但蛀心虫有一特性，就是最初蛀入嫩枝，再向干部蛀入，若小枝一经蛀入，可将小枝剪去，或用铅丝伸进蛀孔，把蛀虫刺死。

已蛀入枝干的蛀虫，若不从速驱除，该枝必枯萎，实在是盆栽的大敌。凡枝干上有粉状的虫粪，必有极小的蛀孔，其中一定有蛀虫。驱除的方法，有下列四种：

〔子〕用凡士林油涂塞蛀孔，使空气不流通，蛀虫就被窒死。

[丑] 如上法仍不能奏效时，可用铅丝伸入蛀孔，刺死蛀虫，将铅丝的尖端弯成钩形，将虫体钩出。如蛀虫已被刺死，铅丝头上便附有水浆，但是此法不一定可靠。

[寅] 若第二法仍觉不妥时，可在蛀孔中塞入一团浸透了滴滴涕的棉花，孔口用粘土或凡士林等封闭，可杀死枝干中的蛀虫。

[卯] 在蛀孔中注射纯酒精，使渗入枝干，将虫杀死。酒精对于枝干并没有害处，但代价较昂。

蛀虫的卵生在幼茎上，孵化后变成青虫，沿着茎爬动，蛀入幼茎中。所以在它爬动的时期，可撒布药剂，尤其在早春发芽而成嫩枝时，蛀虫极为猖獗，更应及早撒布驱虫的药剂。

已蛀入蛀虫的枝干如必须剪去时，应在蛀孔下二寸左右处剪定，这样便可连虫体一同剪去。

（己）蜗牛和蜒蚰。蜗牛和蜒蚰日间潜伏盆底、叶背及其他阴处，而在雨天和夜里，偷食幼芽嫩叶。凡蜗牛经过之处附着黏液，且加害叶的表面，有损枝叶的美观。驱除的方法是寻觅它们日间潜伏的地方，一一捕杀。如果要预防，可在盆中或盆树根部的四周撒布干燥的木炭末或干石灰粉，或在盆架脚的四周，撒布木炭粉，食盐也有驱除蜗牛和蜒蚰的效力。

（庚）蚯蚓。蚯蚓通常是益虫，但对于盆栽却有害处，因为它常把盆土翻上，且使土粒结成一团团，也会食害细根。若施未经腐败的肥料，或盆土过湿时，最易发生。如盆土干燥或施腐熟的肥料，或施过磷酸石灰，发生较少。如发生不多，可听任它，等到换盆时，可以完全驱除。

（辛）介壳虫。介壳虫多寄生在柑橘、苹果、松、茶和其他果树盆栽，可用竹签剔去，再用旧牙刷洗清附着的痕迹。

（壬）切芽虫和食芽虫。切芽虫专咬去盆栽的幼芽，盆梅的嫩芽常被食芽虫所盗食。虫体长约三分，俗称红腹毛虫。发生时，所有嫩芽完全被吃去，为害不浅。驱除方法，自秋末至春初，当它还没有活动时，把它寄生的盆栽移入暖室中，引诱它活动，然后用强烈的杀虫剂（如石油乳剂或除虫菊乳剂、滴滴涕、六六六等）喷射全部的枝干，特别是在枝隙间，可将它杀死。

（癸）其他的害虫。除上述的盆栽害虫外，还有天牛、地蚕、军配虫等，不过没有上述的几种来得普遍罢了。

（二）盆栽的病害

盆栽的树本，不下一百数十种，所以病害的种类也很多。从植物生理上言，凡发生异常状态的，均称为病害，大概可分成三类：

（甲）生理的病害。树木因缺水分而干枯；因过湿而根腐，因移植不当而死，因缺少肥料而衰弱，因受风害而拔根折枝，因日光西晒而叶焦，这都是生理的病害。若能悉心保护，这些病害便可避免。

（乙）昆虫的寄生。如蜂产卵在叶的组织中而患虫瘿病，刺激根部而起的瘤病，以及因其他昆虫的寄生而使树木各部发生异态的，都是属于此类。

（丙）细菌的寄生。因各种细菌的寄生，致树木各部呈异态的，通常称为"植物病害"或"植物的疾病"。危害植物的细菌，种类极多。有细菌寄生的植物，不但生长受阻，且观赏价值也大大地降低，最后常致枯凋。因此应该十分注意植物病害的预防，兹从无数的病害中略举数例于下：

[子] 根的病害。因各种细菌的寄生，根部即起腐烂，也有很多根部变瘤肿的。此病以花卉和果树盆栽发生最多。

[丑] 干的病害。如干表面的腐烂，树脂的流溢，干皮的裂隙，干心的蛀腐等。

[寅] 枝的病害。除生斑点污点外，发生和木干上相似的疾病，如枝上发生瘤肿病等。

[卯] 芽和花蕾的病害。芽蕾萌生后，不开而腐落或枯萎，此病源除害虫的加害和细菌的寄生外，也有因生理的变化而起的，这是由于培养的不当而发生。

[辰] 叶的病害。叶的病害更多，如杜鹃的霉病、涩病等，叶患各种斑纹的病。其他盆树所患的病，列举二例于下：一、针叶树类：霉病、涩病、锈病等；二、梨、苹果、海棠等：赤星病、黑星病等。

[巳] 果实的病害。果实盆栽易害果实脱落、果皮生斑点和腐点、果肉腐烂等病。

以上所述盆栽的种种疾病，常人多不注意，因此因病害而致死的盆栽，为数也不少，故对于病害的预防和治疗，不可不加以注意。

病害预防法：等病害发生之后再来治疗，困难很多，最好在事前加以预防。下列各项，都是预防的方法：

（甲）在阳光和空气充分、通风良好的地方培养。

（乙）盆土勿过干过湿，施肥适度。

（丙）盆土宜用蒸气或福尔马林（Formalin）消毒。

（丁）勿购已有病害的盆栽。

病菌的预防，应视其性质而定，因为病菌是有遗传性的，有从空气传染的，有从土壤传来的，有从器具媒介的，此外还有从害虫而起的（如蚜虫发生极多时，霉病也随之而起）。其中以细菌自空中飞来而附着繁殖的，最为普遍。

病害虽有种种不同，然治疗和预防，可以使用下列各种药品，不过要注意使用的时期、药品的种类、用量和次数等。

（甲）波尔多液。波尔多液是用混合硫酸铜（一磅）、生石灰（一磅至一磅二两）、水（三斗至四斗）制成的。若能自己调制，最是经济，方法也很简便。先预备木桶三只，二小一大，把一定量的硫酸铜和生石灰，分别在二只小桶里用沸水充分溶解，再注满等量的清水（如用水三斗，各放一斗五升，依此类推），然后把二小桶的药液，混合到大桶中去，混合时须极力拌调，使两种溶液充分拌和成翠蓝色，然后装入喷雾器喷射。但叶干上留有青白色的污点，经过了一个相当的时期，可用食用醋的五十倍或一百倍水溶液洗去，否则对于盆栽的观瞻，大有妨害。

（乙）碳酸铜氨液。本剂和波尔多液有同等的效力。调制法是取一适当的器具，放入碳酸铜（二三两），再加少许的水，用竹签调成糊状，然后注入阿摩尼亚水（五匙至七匙），加以搅拌，使它混和，最后加水（一斗）即成。这药液喷射后，不留污点，在盆栽上使用极宜。波尔多液和碳酸铜氨液对于病害的预防，大有效用，每星期喷射一次，连施四五次，病害便可完全防止。

（丙）涂抹剂。冬季休眠期中的盆树，可涂抹石油乳剂、松脂合剂等，尤其以果树盆栽应用最多，预防和驱除病虫，都能奏效。

（丁）撒布剂。病害发生的初期，可撒布硫黄粉等，仙人掌类盆栽常可应用。

（三）盆树的洗涤

任何盆树的枝叶上，总不免有尘芥、土、煤灰等污物粘附着，所以每年必须洗涤一次。洗涤盆树可用旧牙刷蘸了清水，细心地洗清干、枝、叶三部。煮豆腐的冷汤，含有硷质，很容易洗清污点，并且使树皮光润。但用冷豆腐汤洗涤后，须再用喷水壶喷洒，可将豆腐汤洗清。盆树的洗涤，不但与观瞻有关，也可预防病虫害。落叶树可在冬季洗涤，最为方便。

（四）空气和盆栽的关系

都市中的空气多不清洁，如松、杉等盆树，生长每多不良，常易枯死。因空气不洁，枝叶上每有煤灰等粘着，以致呼吸等作用受到阻得，从而影响到盆树的发育。虽可喷水洗清叶上附有的尘芥，终难以好好地生长。故如松、杉、石南、真柏等盆栽，若非放在郊外或宽敞的地方，常不会有良好的成绩。

入冬以后，室内多生火炉，温度很高，而夜间炉火熄灭后，温度便降低。若供盆栽在室内观赏，因空气温度的激变，虽抵抗力强的针叶树，放了一二星期，也纷纷落叶，终至枯凋。所以在冬季切忌供盆栽于温度极高的室内。

换盆的时期和方法

在狭小盆中生长的盆树，经过了二三年，细根便密布在盆底，灌水后难以渗入，肥料也难吸收，生命力便渐渐地衰弱下去，以致枯死。所以一到适当的时期，必须换盆。换盆是移植的一种。对于各种树木的特点加以研究，在适当的时期内换盆，未有不活的。兹将换盆应该注意的事项述之于下：

（一）换盆的时期

树木的移植，通常在休眠期或发育迟缓的时期中举行，但也有很多例外。兹举数例说明如次：

（甲）松类。松类可隔三年换盆一次。换盆最适宜的时期是春季，尤其在春季的四月里最好。松类忌湿，故在换盆时，应将根部的土充分填塞，稍稍揿实，最为妥当。换盆后只需叶上喷水，不必把水直接灌入盆中，稍避强烈的阳光，即能服盆。

（乙）梅。梅花谢后，叶芽将萌发时换盆，最为适当。换盆时，将根上旧土剔去十分之六，老根也稍稍剪去，约经十日，便生新根。盆梅每年须换盆一次。

（丙）杉。杉喜移植，所以一年可换盆一二次，在春秋和梅雨时举行。种植时，不必将盆土十分紧压，只要用松软的山泥栽种即可。

（丁）竹。竹也喜欢移植，可在五六月间（尤其是在六月中旬）和九月各换盆一次。手续似较麻烦，但效果很好，通常在五月或九月换盆一次已足。

（戊）枫。在幼芽刚要伸长时换盆最易活，但在其他季节也可换盆。枫每隔三年换盆一次，最为妥当。

（己）花木类。杜鹃、木桃和其他花木富有细根的，移植力也强，除盛夏严冬以外，随时可以换盆。通常在花落后，便可换盆。如根须剪得多的时候，那么在梅雨时换盆，最为安全。

（庚）石榴。石榴不耐寒冷，若在秋末至春初时，剪枝换盆，必致枯死或衰弱，故换盆的适当时期，最好在发芽时，即立春后八十八日举行，此后直到初秋，都可换盆。石榴换盆应该特别注意的，是剪根的方法。去年已经剪过的根，今年不可再剪，若剪去新的根须，那就没有关系。不但石榴如此，凡暖热带植物，都不可在天寒时换盆，而宜在生长旺盛时施行，便容易活下去。

从以上数例，可知各种树木都有一定的移植期，换盆也须遵守它的时期，方才易活，这是很重要的。其他果树盆栽，通常在秋季或早春芽头尚未萌发的休眠期，或发育停顿的时期中换盆，最为稳妥。

（二）换盆的方法

在适当的时期，把盆树从盆中拔出，栽在同盆或另一只盆中，须依照下列的顺序：

（甲）旧土的处理。

［子］松、真柏、梅等，除去附在根际的旧土约十分之五六，再加新土种植。

［丑］杜鹃、蔷薇、石榴、杉和其他多细根并且易活的盆树，用竹签将旧土全部剔去，然后加新土栽种。

（乙）根的处理。一二年来未换盆的树木，盆里已布满了细根，当换盆时，可将无用的旧根（石榴当例外）剪除一部分，新生的根也剪去大半。但剪除的程度，须看根的发育情形和树的种类而定，今为便利起见，举三例如次：

［子］不必剪除者。当新根发生不良者，虽属富有细根的盆树而根不十分繁密者，在这两种情形之下，根可不必剪除。

［丑］根须剪除三分之二者。松类伸长的细根，可剪去前端的三分之二。

［寅］剪去极多者。生根极多的盆栽，只留少许新根，而把根端完全剪去，如竹类、蔷薇和石榴的新根等。

（三）土的处理

依据盆树的性质来选择适当的盆土。新土准备好了以后，可依下列的顺序进行：

（甲）填塞水孔。用碎瓦片或铁丝网填塞水孔，通常一个水孔用碎瓦片两片叠合，若系深盆，瓦片须填得多并留出空隙，使其排水通畅。

（乙）根的固定。用浅盆栽植，盆树常易摇动，所以有的在盆底放一旧铁棒，将盆树的主要大根通过盆孔扎住在铁棒上，根便可固定而易发新须根了。

（丙）种的位置。不论方盆圆盆，如主干只有一本的，种在盆的中央，总不很入目，故宜稍偏在盆的前后左右的任何一边。

（丁）土的置入。盆树的位置既已选定，即将事前所筛好的三种粗细的培养土，先置大粒土在盆底，再放中粒土，在根的间隙把土充分填实，最后放入小粒土。盆树如松类，用手将土下压，使土紧实。但不喜土紧实的盆树，就不必将它紧压，任它虚松。到得土粒离开盆口一寸时，才停止加土。

（四）栽后灌水

种好后，就可灌水。松类不喜水，可在叶上喷水，使滴下的水滴能润湿盆土为度，不必灌大量的水。其他盆栽除喷水外，在盆中也应灌注足量的水，直至水从盆口溢出时为止。如深盆或大型的，等到水已完全渗入，再行第二次的灌水，务使盆底的土完全湿透。

（五）种后处理

水灌好之后，就将盆栽移到无风半阴地，每日喷水，大抵经过十日至十五日后，便生新根，才放在日光畅射和通风良好的盆架上，不再移动。

（六）施给肥料

培养土中已含有肥料，栽后不必再给。但是性喜肥料的盆树，在上盆时候，要先在盆底铺一层豆饼或菜饼的粉末。若已种好，不及埋置，可在盆的四角，把豆饼或菜饼的块屑埋入。

总之，换盆的时期和方法，因各种树木的性质而不同。上述的几项，不过是大概而已。

盆树的剪定

（一）根的剪定

在下列的情形之下，可行根的剪定：

（甲）野生树木采集来后，可先行地植或盆植。最长大的粗根，用锯锯去，才可容纳在盆中。如根须仍多，稍加修剪，便可栽在泥盆里，否则要先秧在地上，悉心加以保护。

（乙）庭树或盆植的树木，要养成盆栽，可依上法行之。若保护周密，自然易活。

（丙）盆树在换盆前，根已密布盆中，须将根剪定，方法如下：

［子］分别新旧细根，旧根可在近基部剪定，如生

长过长的新根，也可剪除一部分，但根端生白色的嫩根，切勿损伤而栽入土中。

〔丑〕剪除旧根可用剪刀直剪，但剪口宜向下斜，粗根的剪口也应斜下。

以上各种情形，若在适当的时期中进行，同时注意用土，栽后就不会枯死。

野生树木的处理，须有相当的技术，否则不易服盆。像山中采集的松柏等，若有二成栽活，成绩就算不错了。

（二）枝的修剪

枝的修剪是发挥盆树美的一种重要工作。通常盆栽除摘心和整形外，又可由枝的剪定来决定它的基本形态。因此枝干的剪定和攀扎，对于树姿的形成，极为重要。

（甲）枯枝和生长不妥的枝条，可随时剪去，并在适当时期剪除徒长的枝条。

（乙）有碍美观的枝条，如交叉枝、并行枝、特出枝、势力形状相等枝（可剪去其中的一枝）、徒长枝和观赏上不必要的枝条，可剪去或剪短。剪后，枝上生芽的方向，也应加考虑。若不合该树性质的剪定，那么将来在观赏上就发生不美的感觉。如柳枝多下垂，倘剪定不适当，枝多向上挺生，便失却了它原有的特色，影响到它的美态。所以修剪技巧的优劣，除了自然的领略以外，全从平日经验上得来。总之，在这当的时期中，对于盆树生长上的特点、着花情况和结果习性，须考虑成熟，才可进行修剪的手续。

（三）修剪和攀扎的技巧

由枝条的修剪和攀扎，能使不美的盆栽，显出它的美来。兹举数例说明于下：

（甲）杉。一株已受损伤的杉，可将所有的枝条完全剪去，秧在泥盆里，悉心培养，叶上喷水，施肥和摘心，随时施行。直到第四年，便可成一壮丽的杉木直干盆栽，好似原野上的一株独立乔木。

（乙）五叶松。下品的五叶松盆栽，枝多呆板，全用棕线扎成，恶俗不堪。倘将不必要的枝完全剪去，枝条不必繁密，以稀疏为贵，然后将枝干弯成带有画意的姿态。上盆后约经二年，树姿已见完美，和从前的形状完全不同。所以粗俗的盆栽，加以适当的修剪，也可以变成上品。

（丙）石榴。石榴枝条不加摘心，毫无美态。在发芽的时候，自盆中拔出，剪除新根，修去废枝，然后再上盆，时常施肥灌水，二年之后，就大有美态了。

（丁）银杏。播实而生的银杏，枝条大多向上挺生，而底下的枝不易向旁延伸，所以毫无大树的老态。将它的主根剪去，秧在地上，使生新芽，且常行摘心，次年便生侧芽。当侧芽伸长时，摘去下端的叶片，叶越摘去，芽的生长也越快，于是底下的枝条因而养成，完成大树的姿势，很为美观。

（戊）枫树。枫树摘叶也有效果，一年摘叶一次，时常施肥，约三年后，枝细而密，便成一可观的盆栽。

树形的美恶，因各人眼光的不同而大有差异。总之，盆树应具有大树的风度，苍老的姿态，并且充满了古画的意味，才能算是上品的盆栽。

摘芽和摘叶

（一）摘芽

盆树年年发芽生长，若听任不加抑制，树形便变成杂乱无章，顿失美态。故当新芽还在稚嫩时，可用指摘去。如芽已老，即用剪刀剪除。当芽没有老时，叶摘成二三片，不必要的芽，须完全摘除。

石榴在春季徒长的枝条，不可不摘去，只因花都生在枝的前端，所以先决定它生花的地位后，再行摘芽，最为妥当。但真柏若摘芽过度，叶渐变有刺，便不能再还复原来的无刺叶了。如梅树发生强枝，到秋末可自基部完全剪除，因此和梅树性质相似的盆树，可不必摘芽。但如枫、迎春、榉、榆、蜡梅等发芽极易，不可疏忽摘芽。

（二）摘叶

摘叶以后，可使枝条细密，上生嫩叶，如槭、枫等，至秋末更为红艳。

槭一年可摘叶一次。在伏天前已经充分施肥的盆树，在伏天时可将叶全部摘去，约二星期后又生新芽，一月后全部出齐。因为春芽的叶已老，极不美观，于是把它摘去，而伏天重发的叶，至秋末便觉得更为鲜艳。所以摘叶实在是使一年发芽一次的盆树，变成一年发芽二次，这样形成的枝条细而密，更为美观。

石榴的生长力极旺盛，一年中可摘叶二次。初夏之前充分施肥，然后移植到稍大的盆中，另加肥土，将叶全部摘去，剪短新梢，一星期后发芽，半月后芽发齐，这样一年发芽三次。不过须充分施肥，生长才能旺盛。如枸杞一年可摘叶二次，一在初夏，一在秋初，后来花蕾和芽同时生出，于是开花结子，杂缀枝头，翠绿的新叶和殷红的杞子相互掩映，真是美观极了。如榉等虽可摘叶，摘后一如旧状，不生新芽，枝也不增，故不必施行。

银杏枝条多向上直伸，下枝不易伸长，因此要使它低矮而枝叶蓬勃，是很困难的。不过可将树秧在地上，抑制顶芽，活后充分施肥，把下枝所生的叶全都摘去，使它无法发生新芽，这样养成长形的下枝，就极像一株老树了。

枝条的攀扎

盆树的枝条自然生长，有的生得不妥，可用金属丝（铅丝或铜丝）缠绕枝上而加以弯曲，便养成美的树姿。烧过的铜丝，性较柔软；铅丝也可，但总不及铜丝。粗枝干的攀扎，通常用粗麻线或棕线以及细长的铁条等，必须固定，勿令放松。攀扎似乎极容易，实则不然，下列各项有注意的必要。

（一）没有攀扎必要的盆树。如真柏、榉、竹等应作自然的姿势，实在没有扎铅丝的必要。盆梅的小枝也不宜扎。

（二）攀扎的困难。凡枝条有弹性的盆树，铅丝扎了一年，倘急于解除，仍会恢复原来的状态，甚至有扎了三年仍然没有效果的。枝干脆性的盆树，也不容易攀扎，稍不经心，就会折断。

（三）攀扎的适当时期。若在不适当的时期中，轻举妄动地攀扎，不但枝易折断，树也往往变弱而枯死，因此不可错过攀扎的适当时期。通常花木类大概在换盆的前后或秋季施行，针叶树在发芽后举行。总之，梅雨期是一切盆树进行攀扎最适当的时期。如石榴、枫等可在伏天摘叶，同时也施行攀扎。一般说来，在生长最盛时期的前后（春季或秋季）施行，最为妥当。

（四）不宜扎铅丝的盆树。不宜扎铅丝的盆树如扎上铅丝，俗谓"铅丝伤"的事情便发生了，对于盆树的发育，大有阻碍。如杉、枫、柿、迎春、樱、石榴等就是这样。如果在铅丝上卷了桑皮纸，然后扎枝，那就没有关系了。但是如落叶松、松、榉、蔷薇、山茶、杜鹃、五叶松、木桃等，铅丝不卷桑皮纸，也不要紧。不过珍贵的盆栽，总以卷纸为妥。

（五）扎铅丝的方法。铅丝的一端，应固定在枝的一部分，如枝的基部或交叉处；卷绕时用力勿过强，须徐徐作螺旋状的卷绕，再将铅丝稍向后转，务使所卷部分能紧缠枝上。若铅丝游移不定，那是没有效用的。

（六）禁扎过度的弊害。从植物生理上言，枝干的攀扎，实在是极不自然。过度地把枝干弯曲，虽在适当的时期中施行，对于树液的流动，仍不免有碍，甚至因发育不良而枯死。因此在可能的范围中，切勿作过度的攀扎。有人嫌最初所扎的树形不美，而重行攀扎，使树受到更大的损害。若这样的重复施行几次，那株盆树一定会夭折的。

（七）攀扎的其他方法。攀扎铅丝虽属整姿的一种方法，不但在盆栽上应用，就是庭树也可施行。此外用线吊，利用石块的重量，或摘芽修剪等，都是整姿

花前琐记

的方法。

（八）去除铅丝的时期。铅丝去除后，枝条不再回复原状，这就已达到目的，没有再扎铅丝的必要了。若仍让铅丝留在枝上，因为枝的生长，使铅丝陷入，这对于树的发育和人的观赏，都不适宜。所以盆树扎了铅丝一足年后，便可解除。枝条富有弹性的盆树，须经二三年之久，通常过了一年半的时间，便可解除了。

盆树的繁殖

树姿已养成的盆栽，年年发芽生叶。若培养适当，虽经五年、十年或数十年，姿态始终如一，单单枝干逐年增粗，并没有特殊的变化，因此不免发生厌旧喜新的心理。所以培养盆栽要有恒心，其中的乐趣也全在于此。如果能够自己来繁殖盆树，培养的兴趣可以更浓。

盆栽的材料，除向山野里采集之外，还可以用播实、扦插、接木、压条等法来繁殖，这些办法也能养成上品的盆栽，所费的时间虽较长久，趣味是很浓厚的。不过盆树的种类很多，繁殖的方法也各不相同。

（一）可行播实的盆树

榉。三月间把实播种，至秋季选择优良的苗木来培养，数年后，便成一小品的盆栽。

桑。果实在春季播种后，至第五年便可养成，不过桑的叶片有大小两种，盆栽宜小叶的。

栗。栗用播种来繁殖，不易结实。再经接木，便容易些，栗子杂缀枝上，外包尖刺，大有趣味。

石榴。由播种来培养，极费时间，但能养成玲珑的小盆栽。

梧桐。梧桐的盆栽，向来是用播实的，不过不及压条法来得迅速。

桃。桃用播实法，容易养成，四五年后便能结实，但佳种多行接木法。赏花用的盆栽宜选开花种，否则开花不易。

松类。黑松、五叶松等都用播实法繁殖，如将松子播种，听任发育，便成一盆松林的盆栽。但不精播种的技术，枝干便乱生，毫无雅趣，所以通常盆松的精品，多不用播实法。

银杏。播实后发芽极易，但难以结实，又乏苍老的姿态，故通常是用根接或枝接法来繁殖的。

枫。播实很易，但没有苍老的趣味，只能作小盆栽之用。

茶。用播实法养成小品，但枝叶稀少，这是缺点，可是播实后三年便能开花。如果整枝的技巧精良，也可以养成上品的盆栽。

合欢。由播实所得的苗木，发育较速，经四五年已颇可观，播实后二年便能开花了。

总之，凡能开花结实的盆树，都可用播实法来繁殖，只要把成熟的种子播在泥盆里，发芽后充分施肥，三年后就可以着手制成盆栽。所费时间很长，这是播实法的缺点，可是趣味是很浓厚的。

（二）可行扦插的盆树

石榴。剪取庭中或盆里的石榴新梢，长约四五寸，在梅雨期间，扦入泥盆中，生长至第五年，才可上细盆。

柳。扦插极易生根，三年后已有柳树的姿态，但常有因缺水而枯死的，必须注意。

真柏。真柏小盆栽，多行扦插，若管理不良，不易扦活。

杜鹃。杜鹃多由扦插培养而成。

蔷薇。扦插极易活。

盆栽由扦插繁殖的极多。在剪枝时，可利用树枝上不必要的小枝，在梅雨期扦入木箱或泥盆中，用砂和土各半混合的土壤栽种。等到生根后上盆，然后再作盆栽的处理。生根迟缓的插苗，须经一年的保护，到生根后才可上盆。

（三）可行接木的盆树

接木须有相当熟练的技巧，才能接活。接木苗的开花结实较早，这是它的优点。各种树木在适当时期可以施行接木法。接木分砧木和接穗两部，前者就是接受接穗的部分，而后者就是所要接的枝条。接后，希望接穗发育生长，砧木不过是接穗的立足点罢了。

（甲）割接法。砧木和接穗的粗细相差很大时，才施行割接法。先在砧木的相当高度锯断，只留一干，上面修理平滑，便把砧木形成层部向下切开，深约七八分。接穗的下端削成楔形，嵌进砧木的切开处，使双方彼此密合。上用麻皮扎缚，外用泥土涂抹，经过一个相当的时期，接穗有光泽渐渐发芽，这便是接活的现象。如锦松、五叶松及其他松类，都可施行此法。

（乙）切接法。砧木和接穗的粗细相同时，才用此法。方法虽和割接相似，但砧木锯断以后由皮层向下切入，然后将接穗插入，用麻皮扎缚之，如梅、樱、桃、柑橘类、柿、藤类、天竹以及果树盆栽等常可应用。

（丙）诱接法。凡不易接活的盆树，都改用此法，因为接穗和母体不必分离。等到接活后，再把接穗和母体剪断。在接之前，预先使砧木和接穗相互接近，便在相当地位，各削去七八分的树皮，薄削至木质部，使双方伤口密接，再用麻皮扎缚，不使分离。接活后，在接穗的下部剪断，便成一株新盆树，如枫、柿等都行此法。

（丁）根接法。根接，即将根作为砧木，上接接穗，和切接的方法相同，如银杏、柿、辛夷、玉兰、山茶、藤类等。

（四）可行压条的盆树

把枝条一部分压入土中，压入部分在节之下端略加切伤，就容易生根，然后和母枝分离，这便是压条法。盆栽上也可应用，所得的苗木，虽有老态，可惜寿命最短。其中以播实所得的苗，养成虽难，而寿命最长，插木次之，接木更次之，而压条最短，这是它的缺点。如枇杷、杉、银杏、迎春、柳、山茶、石榴、藤类等，都要在梅雨前施行。

石附的盆栽

盆树的根部攀附在石上的，称为石附。好似老树生在岩石上的状态，自然入妙。例如松、柏、榆、枫、檵、杉、杜鹃、金银藤、枸杞、迎春等，都可攀附在石上种植，除了通常用泥土外，还可以用水盘作供。这和水石盆景差不多，不过水石将石作为主体，而石附盆栽是以树为主体的。

石附最容易的，要算石菖蒲。先把石菖蒲的根附着在石隙中，用铅丝扎住，常喷清水，一月后根便附着石上了。

石附盆栽的用石须孔罅较多的，便有吸水的作用，石上栽了松、柏等，放在水盘里，根便不致干枯了。

石的中心如有空洞，在洞中填了土，便可种植。或将根抱在石的四周，然后用浅盆来种植，枫和檵树常用此法。

硬质的盆石，可用凿子凿成几个小孔，将铅丝的一端插进去，再把铅块塞紧，使铅丝固定，然后将适当的盆树放上，依照根的情形，嵌入石隙，便用铅丝一端把主要的粗根扎住。但为防止根皮受伤起见，根上先垫一木片，最好外包橡皮，更为妥帖。然后用河泥涂抹，外包苔草，将石放在盆土上，把盆树的细根埋入土中，时常喷水施肥，细根在盆土中伸长。到第二年便可去除涂在根上的泥草，使根部显露出来，成了一盆很有趣味的石附盆栽。到第三年，根已充分生长，紧附石上，于是扎根的铅丝也可解除了。

（该篇附录选自周瘦鹃、周铮著《盆栽趣味》部分内容，

标题为编者自拟）

关于《周瘦鹃自编精品集》

　　1953 年 3 月由上海出版公司出版的周作人著《鲁迅的故家》里，有一篇《周瘦鹃》的文章，文章不长，全文如下：

　　关于鲁迅与周瘦鹃的事情，以前曾经有人在报上说及。因为周君所译的《欧美小说译丛》三册，由出版书店送往教育部审定登记，批复甚为赞许，其时鲁迅在社会教育司任科长，这事就是他所办的。批语当初见过，已记不清了，大意对于周君采译英美以外的大陆作家的小说一点最为称赏，只是可惜不多，那时大概是民国六年夏天，《域外小说集》早已失败，不意在此书中看出类似的倾向，当不胜有空谷足音之感吧。鲁迅原来很希望他继续译下去，给新文学增加些力量，不知怎的后来周君不再见有著作出来了，直至文学研究会接编了《小说月报》，翻译欧陆特别是弱小民族作品的风气这才大兴，有许多重要的名著都介绍来到中国，但这已在五六年之后了。鲁迅自己译了很不少，如《小约翰》与《死魂灵》都很费气力，但有两三种作品，为他所最珍重，多年说要想翻译的，如芬兰乞食诗人丕威林太的短篇集，匈牙利革命诗人裴象飞的唯一小说名叫"绞吏之绳"的，都是德国"勒克兰姆"丛刊本，终于未曾译出，也可以说是他未完的心愿吧（在《域外小说集》后面预告中似登有目录，哪一位有那两册初印本的可以一查）。这两种文学都不是欧语统系，实在太难了，中国如有人想读那些书的，也只好利用德文，英美对于弱小民族的文学不大注意，译本殆不可得。

在这篇文章里，周作人很明白地说明了当年周瘦鹃出版《欧美名家短篇小说丛刊》时，鲁迅对这部作品的看重，用"空谷足音"来赞美。不久后，周作人在另一篇文章《鲁迅与清末文坛》里再次提到这个事，说到鲁迅对清末民初上海文坛的印象："不重视乃是事实，虽然个别也有例外，有如周瘦鹃，便相当尊重，因为所译的《欧美小说丛刊》三册中，有一册是专收英美法以外各国的作品的。这书在1917年出版，由中华书局送呈教育部审查注册，发到鲁迅手里去审查，他看了大为惊异。"鲁迅还把书稿"带回会馆来，同我会拟了一条称赞的评语，用部的名义发表了出去。据范烟桥的《中国小说史》中所记，那一册中计收俄国四篇，德国二篇，意大利、荷兰、西班牙、瑞士、丹麦、瑞典、匈牙利、塞尔维亚、芬兰各一篇，这在当时的确是不容易的事了"。周作人在文章里所说的《欧美小说译丛》和《欧美小说丛刊》，就是周瘦鹃那本《欧美名家短篇小说丛刊》的简称。周瘦鹃的这部翻译作品，能受到鲁迅的赞誉，固然和鲁迅、周作人早年翻译的小说不成功有关系，主要的还是鲁迅有一颗公平公正、重视人才的心。确实，勤奋的周瘦鹃，在他二十多岁年纪就取得如此大的成就，配得上鲁迅的称赞。后来，他又把多年翻译的作品，经过整理，于1947年出版了《世界名家短篇小说全集》（全四册）。

周瘦鹃的写作，一出手就确定了他的创作方向，即适合市民大众阶层阅读的通俗文学。他发表的第一篇作品《落花怨》（1911年6月11日出版的《妇女时报》创刊号），就带有浓郁的市井小说的味儿，而同年在著名的《小说月报》上连载的八幕话剧《爱之花》，同样走的是通俗文学的路子，迎合了早期上海市民大众的阅读"口感"，同时也形成了他一生的创作风格。继《爱之花》之后，他的创作成了"井喷"之势，创作、翻译同时并举，许多大小报刊上都有他的作品发表，一时成为上海市民文化阶层的"闻人"，受到几代读者的欢迎。纵观他的小说创作，著名学者范伯群先生给其大致分为"社会讽喻""爱国图强""言情婚姻"和"家庭伦理"四大类。"社会讽喻"类的代表作有《最后之铜元》《血》《十年守寡》《挑夫之肩》《对邻的小楼》《照相馆前的疯人》《烛影摇红》等，"爱国图强"类的代表作有《落花怨》《行再相见》《为国牺牲》《亡国奴家里的燕子》等，"言情婚姻"类的代表作有《真假爱情》《恨不相逢未嫁时》《此恨绵绵无绝期》《千钧一发》《良心》《留声机片》《喜相逢》《两度火车中》《旧恨》《柳色黄》《辛先生的心》等，"家庭伦理"类的代表作有《噫之尾声》《珠珠日记》《试探》《九华帐里》《先父的遗像》《大水中》等。他的这些成就的取得，不仅在大众读者的心目中影响深远，也受到了鲁迅等人的肯定。1936年10月，鲁迅等人号召成立文艺界抗日民族统一战线，周瘦鹃作为通俗文学的代表，也被鲁迅列名参加。周瘦鹃在《一瓣心香拜鲁迅》中还深情地说："抗日战争初起时，鲁迅先生等发起文化工作者联合战线，共御外侮，曾派人来要我签名参加，听说人选极严，而居然垂青于我。鲁迅先生对我的看法的确很好，怎的不使我深深地感激呢？"翻译和创作通俗小说而外，周瘦鹃还创作了大量的散文小品。他的散文小品题材广泛，行文驳杂，有花草树木、园艺盆景、编辑手记、序跋题识、艺界交谊、影评戏评、时评杂感、书信日记等，涉及社会生活的多个方面。此外，周瘦鹃还是一位成就卓著的编辑出版家，前半生参与多家报刊的创刊和编辑工作，著名的有《礼拜六》《紫罗兰》《半月》《紫兰花片》《乐园日报》《良友》《自由谈》《春秋》《上海画报》《紫葡萄画报》等，有的是主编，有的是主持，有的是编辑，有的是特约撰述。据统计，在1925年到1926年的某一段时间内，他同时担任五种杂志的主编，成了名副其实的名编。另外，他还写作了大量的古典诗词，著名的有《记得词》一百首、《无题》前八首和《无题》后八首等。

周瘦鹃一生从事文艺活动，集创、编、译于一身。在创作方面，又以散文成就最大，其中的"花木小品""山水游记""民俗掌故"被范伯群称为"三绝"（见范伯群著《周瘦鹃论》）。而"三绝"之中，尤其对"花木小品"更是情有独钟，不仅写了大量的随笔小品，还成为闻名天下的盆景制作的实践者。据他在文章中透露，早在20世纪20年代末期，他就在苏州王长河头买了一户人家的旧宅，扩展成了一个小型私家园林。从此苏州、上海两地，都成了他的活动基地，在上海编报刊、搞创作，在苏州制作盆栽、盆景。而早年在上海选购花木盆栽的有关书籍时，还曾巧遇过鲁迅。在《悼念鲁迅先生》一文中，他透露说："记得三十余年前的某一个春天，一抹斜阳黄澄澄地照着上海虹口施高塔路（即今之山阴路）口一家日本小书店，照在书店后半间一张矮矮的小圆桌上，照见桌旁藤靠椅上坐着一位须眉漆黑的中年人，他那瘦削的长方脸上，满带着一种刚毅而沉着的神情。他的近旁坐着一个日本人，堆着满面的笑正在说话。这书店是当时颇颇有名的内山书店，那日本人就是店主内山完造，而那位中年人呢，我一瞧就知道正是我所仰慕已久的鲁迅先生。"买有关盆栽的书而邂逅鲁迅先生，周瘦鹃自称是"三生有幸"，而此时，他还不知道鲁迅曾经大加赞赏过他的《欧美名家短篇小说丛刊》。鲁迅也偶尔玩过盆景的，他在散文集《朝花夕拾·小引》里，有这样一段话："广州的天气热得真早，夕阳从西窗射入，逼得人只能勉强穿一件单衣。书桌上的一盆'水横枝'，是我先前没有见过的：就是一段树，只要浸在水中，枝叶便青葱得可爱。看看绿叶，编编旧稿，总算也在做一点事。"这个"水横枝"，就是盆栽，清供之一种，如果当时周瘦鹃能够和鲁迅相认，或许也会讨论一下盆栽制作也未可知啊。

1949 年以后，周瘦鹃定居苏州，并自称苏州人，把全部的精力都投入到盆栽、盆景的制作中去，在《花花草草·前记》中，他写道："我是一个特别爱好花草的人，一天二十四小时，除了睡眠七八小时和出席各种会议或动笔写写文章以外，大半的时间，都为了花草而忙着。古诗人曾有'一年无事为花忙'之句，而我却即使有事，也依然要设法分出时间来，为花而忙的。"在忙花忙草忙盆景的同时，他的作品也越写越多，大部分都是和花草树木有关的小品散文，这方面的文章，也是他一生创作的重要部分。1955 年 6 月，他在通俗文艺出版社出版了一本《花前琐记》，首印 10000 册，共收以种花植树盆栽为主的小品随笔 37 篇。1956 年 9 月，在上海文化出版社出版了《花花草草》，收文 35 篇，首印 20000 册。1956 年 12 月，又在江苏人民出版社出版了《花前续记》，收文 38 篇。1958 年 1 月，在江苏人民出版社出版了《花前新记》，收文 40 篇，附录 1 篇，首印 6000 册。1962 年 11 月，在江苏人民出版社出版了《行云集》，收文 19 篇，附录 1 篇，1985 年 1 月第二次印刷时又加印 4000 册。1964 年 3 月，香港上海书局出版了《花弄影集》，1977 年 7 月再版。1995 年 5 月，是周瘦鹃诞辰一百周年，新华出版社出版了周瘦鹃的小女儿周全整理的《姑苏书简》，收文 59 篇，首印 3000 册。该书收录周瘦鹃 1962 年至 1966 年在香港《文汇报》开辟的《姑苏书简》专栏发表的文章，书名由著名民主人士雷洁琼题写，邓伟志、贾植芳分别作了序言，周全女士的文章《我的父亲》一文附在书末。

周瘦鹃一生钟情"紫罗兰"（周吟萍），他们的恋情要从周瘦鹃在民立中学任教时说起：在一次到务本女校观看演出时，周瘦鹃对参与演出的少女周吟萍产生了爱慕之情，在书信往还中，开始热恋。但周吟萍出身大户人家，其父母坚决反对他们的恋爱，加上女方自幼定有婚约，使他们有情人无法成为眷属。周瘦鹃苦苦相恋，使他"一生低首紫罗兰"，并为其写了无数诗词文章，《紫罗兰》《紫兰花片》等杂志、小品集《紫兰芽》《紫兰小谱》和苏州园居"紫兰小筑"、书室"紫罗兰盦"、园中叠石"紫兰台"等，都是这场苦恋的产物。《爱的供状》和《记得词》一百首，更是这场恋情的心血之作。这套8本的《周瘦鹃自编精品集》，依据的就是上述各书的版本。另外，《姑苏书简》和《爱的供状》虽然不是作者生前"自编"，但也出自作者的创作，为统一格式，也权当"自编"论，这是需要向读者说明的。

陈　武

2018年5月18日于燕郊